不機嫌な幼なじみに今日も溺愛されるがまま。

小粋

STARTS
スターツ出版株式会社

イラスト／雪森あゆむ

幼なじみの爽斗くんは、いつもいじわる。
「その怯えまくった顔、俺以外に見せんなよ」
雪本爽斗。
いじわる・俺様・あまのじゃく。
だけど……いじわるの裏は独占欲でいっぱい。
×
「こんなあたしでも……ずっと友達でいてくれる？」
藤光莉愛。
自信なし・自己評価低め女子。
だけど……いじわるされても爽斗くんが好き。
×
「莉愛ちゃんの世界はサヤだけじゃないよ」
深谷優心。
優しい・直球・余裕ありだけど……。
莉愛ちゃんの目は俺が覚ましてあげる、と思っている。

いじわるで隠している本音は、
ただ、きみが好きってだけの一途な気持ちだけ。
「……俺に見放されないよう、せいぜい頑張ってね」

鈍感×鈍感。
一途で不器用な幼なじみたちの、
じれ甘♥すれ違いラブストーリー。

不機嫌な幼なじみに
今日も
溺愛
されるがまま。
登場人物
ゆきもと さやと
雪本 爽斗
莉愛が大好きなのに、いじわるばかり言ってしまう不器用男子。モテるのに莉愛のことしか見えていない。
ふじみつ りあ
藤光 莉愛
爽斗に小さいころからいじわるばかりされて、自分に自信がない高1女子。かわいくてモテモテなことには気づいていない。

岸田 蘭子（きしだ らんこ）
クラスで一番派手なグループにいる女子。爽斗のことが好き。
長谷川 仁胡（はせがわ にこ）
莉愛のクラスメイト。素直じゃない莉愛と爽斗のことをおもしろがっている。
深谷 優心（ふかや ゆうしん）
莉愛と爽斗の幼なじみ。明るいムードメーカー。莉愛にいつも優しい。

☆ contents

プロローグ

　幼なじみの爽斗くんは、あたしのことを目に入れた瞬間、いじわるなことばかり言う。

『莉愛は家にいろ。早く帰んなよ』
　これはクラスの友達と約束した花火大会の日、その輪から追い出されたときに言われた言葉。

『おめでとう。よかったね』
　これは、第１志望の女子高に落ちたときに言われた言葉。

　だけど、過去に一度だけ、忘れられないくらい、うれしいことを言われたこともある。
　たった１回渡したことのあるバレンタインの日の、手作りクッキー。
『……絶対大事にする』
　クッキーを大事にって、どういうことだろう。
　そう思ったけど、堪えきれずにこぼれてしまったような爽斗くんのあの日の笑顔がハート型の矢になって、胸にずきゅんと刺さって、それはまだ抜けない。

　そんな爽斗くんに何度いじめられても、こりもせず大好きなのは、内緒……。

Chapter 1

お隣さん

【莉愛side】

あたしの家はマンションの７階。

お隣のベランダとの境界にある仕切り板には、注意書きがしてあった。

【非常の際は、ここを破って隣戸へ避難できます】

この文字に気づいた日、お隣の爽斗くんは『莉愛、そこ邪魔。ちょっと下がってて』と言ってからバリーンと音を立てて蹴破った。

ぽっかりと開いた穴の向こうで、爽斗くんは言った。

『莉愛のとこ行くのにいちいち玄関通るのめんどくさいし、ここ通路ね』

呆然と見ていたあたしの頬が緩んでいく。

『誰にも言うなよ。これは、ふたりの秘密だから』

彼の発言は絶対で、あたしに有無を言わせない。

その数秒後、お母さんにバレてしまってこっぴどく叱られてしまったけど、その抜け穴は今も使われている。

──あれから数年後。

今日は高校の入学式。

「なんなの、その髪型？」

朝いちばんベランダを抜けて、あたしの部屋に来てくれた爽斗くんは怒っていた。

「あのね……美容院」
「は？」
「美容院でやり方を教えてもらって……」
「そういうこと言ってんじゃないんだけど」
　あたしの片腕を取って、壁に押しつける。
「きゃ」
　ドン、と背中に壁が当たって、見上げる先には不愉快そうに目を細める爽斗くん。
「……全然似合ってない」
「……っ」
　爽斗くんに、いちばん『似合ってる』って言われたかったのに、やっぱり心も体も地味なあたしには、こういうのが似合うわけないよね。
　人気の美容院でね、『すっごくかわいいよ！』って褒めてもらって、『好きな人もドキドキしちゃうかもね！』って。
　いっぱい褒めてもらったから、爽斗くんに見せたくなったの。
　よく考えたら、褒めるのも美容師さんのお仕事だよね。
　あ、ちゃんと女の美容師さんだよ。
　爽斗くんが、そうしろって言ったから。
「こんな髪して、誰に見せたいの？」
　──サラ、っと頬に髪が落ちてくる。
「……っ」
　早起きして頑張って結んだ髪を爽斗くんが解いたから。
　髪をすくって、あたしを見おろす爽斗くんはきれいな二重の幅を広げて、圧倒的上から目線で笑うんだ。
「莉愛の目、震えてるんだけど……。どーかしたの？」
　顎の下に触れた指先が、くいっと上を向かせる。
　視線が絡むと、心臓の音も苦しいくらい速くなっていく。
　瞳が揺れちゃうほどドキドキしてるからだよ。
　でも、爽斗くんは勘違いしてる。
「……その怯えまくった顔」
　あたしは爽斗くんのこと怖くなんかないのに。
「──俺以外に見せんなよ」
　そう言って、もう片方の髪が解かれた。
　爽斗くんは、あたしが怯えるのが好きらしい。
　あたしをいじめるのが生き甲斐らしい。
　でも、どんなにいじわるなことを言われても、あたしには爽斗くんがいちばんだし、ううん、爽斗くんの他に何もないから、絶対に失いたくないんだ。
「あー時間やばいかも。早く学校行こ」
　すれ違いざまに、爽斗くんの指先があたしの首元に伸びて。
「……あ」
　せっかく結んだ制服のリボンをスルスルと解いちゃう。
　……爽斗くんはいじわる。
「縦結びがダサすぎて手が滑った」
　でも、たまにそのいじわるはあたしのため。
　慌ててリボンを結び直して、家の廊下で爽斗くんを追いかけるように早足で歩く。

　爽斗くんの靴はうちにいくつも置いてあるから、そのまま学校に行くんだ。
「サヤちゃん、高校でも莉愛のことよろしくね」
　と、リビングから顔を出したお母さんに、
「はーい、行ってきます」
　って爽斗くんが愛想よく答えて、あたしたちは家を出る。
　爽斗くんはいじわるばかりするのに、なぜかあたしと一緒に登校してくれる。たまに下校もしてくれる。

「待って、爽斗くん」
「歩くのだるいし今日チャリで行かない？」
「でも入学式の日は徒歩でって……」
「へーきへーき」
「でも、怒られるんじゃない……？　怖いのやだよ？」
「……何ビビッてんの？　俺がいるだろ」
　不機嫌な目があたしを貫く。
「莉愛はボケーッと、俺の隣にいとけばいいんだよ」
　そういうこと言われると……ドキドキするの、変かな。
「じゃああたしの自転車、あっちに停めてあるから……」
　自分の自転車を取りに行こうと思ったら、ぐいっと腕を掴まれた。
「え？」
　肩越しに振り向くと爽斗くんは、きゅっと眉根を寄せて、
「取り行ってる時間ないから、俺の後ろに乗ればいいだろ」
「でも、ふたり乗りって……」

「学校の近くまでだからへーき」

そんな鬱陶しそうな声、しないで。

「……うん」

そう言う意味だったって、気づかなくてごめん。

いつもあたしはそういうの察せなくて、怒らせてばかり。

だけどあたし、爽斗くんの自転車の後ろに乗るの、慣れているわけじゃない。

だから、どこに手を置けばいいかわからなくて、自転車の荷台に掴まってみたら、きれいな形の冷ややかな目が振り返ってきた。

——ドキッとして、間違えたのかなって思って反射的に両手を離したら、

「チャリじゃなくて俺に掴まれば。運転しづらいんだよね」

こんなとろいあたしに、正解を教えてくれる。

でも爽斗くんの……どこに？

昔乗ったとき、どこに掴まってたっけ。

思い出した、お腹のところだ。

ドキドキしながら、震える手を伸ばした。

かぁーっと頬が熱くなっていく。

そっと制服に触れたとき、視線を感じて顔を上げたら。

見慣れたはずの爽斗くんの顔が。

きれいな形のアーモンドアイが。

薄ピンクの口元が。

——いじわるく、楽しそうにゆがむ。

「莉愛、なんで照れてんの？」

ドク、と大きく心臓が跳(は)ねた。

そんなの、ドキドキして仕方ないからだよ……っ。

逃(に)げるように背中に顔をうずめて、ぎゅ、っと爽斗くんの体にしがみついて真っ暗な視界を作って、いっぱいいっぱいで謝る。

「ご……っ、ごめんね……！」

「そんなくっつかれたら邪魔で進めないんだけど」

「ごめんっ！」

背中から顔を離して必死で謝罪しているうちに、自転車が進んだ。

……ふぅ。ドキドキする。

熱くて仕方なかった頬を、春の風が冷ましてくれる。

切ったばかり髪が頬に当たる。

自転車の、爽斗くんの後ろってドキドキするけど気持ちいい。体温があったかくて、風が涼(すず)しくて、それからいい匂(にお)いがする。

「莉愛さー、髪結んだりして高校デビューでもしようとしたの？」

「デビューというか……」

知らない環境(かんきょう)で……高校生になっても、爽斗くんとこうやって一緒にいたかったの。

「爽斗くんが隣を歩いても恥(は)ずかしくないような人になりたくて……」

「は……？　へぇ。じゃあ俺のためなんだ」

「うん……」

「ふっ、なんで？」
「だって、爽斗くんだけは失いたくないから」
「……何それ」
　きっとあたしがする話なんて楽しくなんかないのに、こうして一緒にいてくれるのは爽斗くんだけだもん。
「……俺に見放されないよう、せいぜい頑張ってね」
「う……はい」
「だけど、莉愛は髪結んだりメイクしたりとかそういうの似合わないから。莉愛らしく地味にしてなよ」
「……うん、だけど恥ずかしくない？」
　きらきらした人気者の爽斗くんに、こんな地味でぱっとしないあたしなんかが付属してたら、みんなきっと、変に思うよ……？
「似合わない恰好(かっこう)してるやつの隣を歩くほうが恥ずかしいんだよ」
「あ……そっか」
　盲点(もうてん)だった……。
「だから、めかし込むの禁止ね」
「うん」
「それに恥ずかしいとか、まわりの目なんか気にすんなよ」
「でも……」
　爽斗くんは気にならない？
　あたしなんかが、そばいても……本当に平気？
　嫌(いや)じゃない？
「まわりなんか見る必要ないじゃん。だって莉愛が一緒にいたいのは俺なんだろ？」

「うん」

「だったら――」

キキ、とブレーキ音が小さく響く。

信号待ちで足をついた爽斗くんは、あたしのほうを振り返った。

そして、いじわるな笑みを浮かべて、

「――だったら莉愛は、俺だけを見てればいいんじゃないの？」

余裕たっぷりに、あたしを見おろした。

コクコクコク、と精いっぱい頷いて、顔をそっと見上げると。

切れ長の瞳は、いじわるに細まっていく。

「……俺以外のやつ見たら、もう一緒にいてやんないから」

さらりと黒い前髪が揺れ、そこから覗く目があたしを脅している。

「……返事は？」

「は、はい……！」

「いい返事」

「ひぁっ」

――コツ、と額に額がぶつかった。

こんな近くで視線が絡まって、触れてるとこ、全部熱い。

心臓の音がすごくておかしくなりそう。

「何それ。顔赤すぎない？」

爽斗くんは、バカにするみたいにククッと笑った。

「どんだけ恥ずかしがってんの？」
「だ、だって！」
「莉愛ってほんと、余裕なさすぎ」
　ふっと、鼻で笑った爽斗くんは、前に向き直して自転車をこぎはじめた。
　あたしは爽斗くんのこと好きだから、こんなふうに真っ赤になっちゃうし、地味で、お洒落（しゃれ）も似合わないようなだめな子だけど。
　言われたとおり、爽斗くんしか見ないし、他人の目は、気にしないようにするから。
「こんなあたしでも……ずっと友達でいてくれる？」
　緊張（きんちょう）しながら聞いたあたしの震え声に、爽斗くんは言った。
「……んー、絶対嫌かな」
「……！　どうして……っ？」
「自分で考えたら？　つーか、俺たちってそもそも友達なの？」
「……っ!!」
　……友達でもないの……？
　じゃあ、あたしたちって、何？
　ただの隣人（りんじん）……幼なじみって、爽斗くんは思ってるの？
　目の奥（おく）が熱くなっていく。
　大切に思ってるのは、やっぱりあたしだけ……？

きみの泣き顔

【爽斗side】

大きな目を囲う長いまつげに、涙が絡んでいる。

整った口元を、かわいそうになるほど“への字”にゆがめて。

——藤光莉愛。

『ずっと友達でいてくれる?』とか、最高にむかつく言葉を平気で言ってくる莉愛が悪いよね。

俺がいじめると莉愛はすぐ怯える。

たまに泣く。

その怯えた顔も、泣き顔も……最高に好き。

駐輪場に自転車を止めて、涙目の莉愛を見おろす。

小柄な体。色白の肌。柔らかい猫毛の髪。

ちょっと幼いけど可憐な顔立ちと、自信なさそうな立ち居振る舞い。

こぢんまりしていようが地味にうつむいていようが、たぶん、まぁまぁかわいいと思う。

「わ、かわいい女の子が泣いてる」

そう言う男の声は聞こえた瞬間、目で殺すよね。

「ひっ! 怖!」

莉愛はまぁまぁモテるんだけど、本人はまったく気づいてない。

莉愛に惚れるような悪趣味な男は、俺が徹底してつぶしてきたから。

だって邪魔じゃん？

莉愛は俺の所有物なのね。

つまり、俺の言うことが絶対。

過剰(かじょう)な抑圧(よくあつ)は人格をゆがめるってのはよくある話だけど。

まあ、ゆがませちゃったかもね。

莉愛は、めちゃくちゃネガティブに成長したと思う。

莉愛の柔らかな猫毛の黒髪が、ふわりと揺れている。

莉愛は刷(す)り込(こ)みのように俺の言うことをよく聞く。

これ長所ね。

……てか、なんか駐輪場にも人が増えてきたな。

莉愛の泣き顔が、俺以外の誰かの目に映るとか考えただけで吐(は)き気するから。

俺は、うんざりとため息をつく。

「莉愛、いつまで泣いてんの」

「……ごめん」

「今すぐ泣きやんで。視界に入るだけでほんとウザい」

莉愛を見る男子の視線が、ほんとウザい。

ごしごしと慌てて涙を拭(ふ)く莉愛の、小動物みたいな動き。

『涙止まったよ、怒らないで』って言いたそうな、俺を見上げる不安そうな目。

——ずきゅん、と重たいものが心臓に突(つ)き刺さる。

「……こっち見んな」

……かわいくて死ぬ。

昇降口に入る前、掲示板に貼られたクラス分け表の前は、人でごった返していた。

「……だっる」

こんな密集の中に入るのも、莉愛が紛れ込むのも普通に嫌。莉愛が他の男に間違って密着とか、そういうのふつーに無理。

「じゃあ、あたしが見てくるから、爽斗くんはここで待っててくれる？」

『友達なの？』って聞いたから、そんな張りきってご機嫌とりしてんのかな。

……そんなのいらねんだよ、バーカ。

「俺が行くから莉愛はそこにいて。莉愛が行っても見間違えそうだから」

「う……ごめん」

人混みをかき分け、前に進んでは、後ろを振り返って莉愛を確認する。

うん大丈夫、そこにいるね。

そうやって進んでいるうちに、なぜか女子にガシッと腕を掴まれて、ぎょっとしながら立ち止まった。

茶髪の子。

こんな知り合いいたっけ？と一瞬考えているうちに、

「……っ、イケメンだ!!」

「は？」

「名前は!?　てか、どこ中出身!?」

「道森東……」

　まだしつこく質問してくるこの女子が、心底だるい。
「……急いでるんで」
「あっ、待ってー！」
　待たない。興味ない。ウザい。
　ずいずいと前に進んで、ようやく文字が見える位置まで来られた。

　1－2　雪本爽斗
　1－3　藤光莉愛

　……え？
　もう一度見る。1－2と1－3。
　はぁー……？
　俺と莉愛が別のクラスってどういうこと？
　何このクラス分け。センスなさすぎて疑うんだけど。
　イライラしながら人混みを抜けて。
　目に入ったのは……莉愛、と、誰、その男……？
　駆(か)け寄って背後から男の肩を掴んだ。
「何してんだよ？」
「いってー！」
　あ、力入りすぎちゃった？
　飛び上がりながら振り返った男子生徒の顔。
　……なんか見覚えが、ある、どころじゃない。
　血の気が引いてんのか、怒(いか)りで血が沸(わ)いてんのか、わけわかんない感覚になりながら声を絞(しぼ)り出した。

「……なんでお前がいんの」
「うわー！　久しぶり！　サヤだー」
目に慣れないミルクティーカラーの髪。
相変わらず快活(かいかつ)な目で、弾(はず)んだ声で、なれなれしくて。
「じゃあ、莉愛ちゃんが涙目なのってサヤのせいか」
……『莉愛ちゃん』とか呼ぶこの男。
──深谷優心。
別の中学に進学したけど、幼稚園(ようちえん)と小学校が一緒だった、幼なじみといえば、幼なじみ。
それで、俺がこんなにイライラしている理由は、他でもなくただひとつ。
「莉愛ちゃん、まだサヤにいじめられてんだ？」
小学生のころ、俺よりも莉愛と仲よかったのは優心で。
……莉愛の初恋(はつこい)の相手だから。
「……ううん！　あたし、いじめられてなんかないよ」
どんだけ慌ててんだよ。
そんな大きい目で上目づかいするとかバカ？
莉愛は、俺だけ見てろ。
──ガシ。
「んむ」
莉愛の顔面に腕を回して、顔を隠しながら歩きはじめる。
「早く行こ。莉愛、３組だって。俺は２組ね」
「え……うん、ありがとう」
俺の腕の中で、くぐもった声がマヌケ。
マヌケすぎるから離すと、ぷは、と息をする莉愛。

……かわいい。

「莉愛ちゃん３組なの？　俺もだよー」

隣についてきていた優心に、ゆっくりと視線を移す。

「……なんて言った？」

「ん？　俺も３組って言った」

「へぇ……」

ほんと、クラス分けのセンス最悪。

誰が決めたの？

こんなことなら、女子高に行かせたほうがよかったかも。

女子高に落ちてくれて、これで晴れて一緒の高校だってひっそりと喜んだのを後悔(こうかい)しはじめながら、俺と莉愛の間に割(わ)り込んでこようとする優心だけは絶対に入れてやんないよとばかりに、俺は莉愛の肩を抱(だ)きながら歩いている。

「……さ、さや、とくん」

消え入りそうな声が、かわいらしく聞こえてきた。

「……はっ、恥ずかしい……っです」

顔を両手で覆(おお)う。

覆っても隠しきれてない、真っ赤な耳と額。

……へー。いい顔するね。そういうの、俺の好み。

莉愛は男慣れしてない。

だって、莉愛に近寄る男子なんて俺が許すわけないでしょ。だから、莉愛は男子との絡みはほとんどないし、莉愛に男子への免疫(めんえき)なんてものがつくわけもなかった。

そうやって、ずっと一生、誰にも慣れることなく俺の隣でそうしていればいいって過ごしてきたけど。

　まさか、こいつと再会するなんて。
　……優心だけが残る敵なんだよね。
　優心から視線を莉愛に移せば、うつむく赤らんだ頬、恥ずかしそうな表情。
　莉愛のこんな顔、誰にも見せたくない。
　ブレザーを脱(ぬ)いで、それを莉愛と俺の頭の上からかぶせて、薄暗いブレザーの中でふたりきり。
　莉愛の顔を覗き込みながら、顔を隠した手をどかす。
　莉愛が目を見開いて俺を捉(とら)えてる。
　瞳揺れすぎじゃないの、それ。
　莉愛の瞳が揺れるのは、昔っから怯えたときなんだよね。
「なに怖がってんの」
「……っ、え」
「つか、なんでそんないちいち赤くなんの？」
「だっ、だって……」
「その顔、落ちつくまでブレザーでもかぶっといて」
　そう言って俺だけ抜け出した。
　ブレザーかぶせられて、俺の誘導(ゆうどう)で歩く。
　逮捕(たいほ)された容疑者(ようぎしゃ)みたいな恰好させられてんのに、莉愛は俺に従ってる。
　なんでもいいよ、俺の言うこと聞いてくれれば。
「サヤ……相変わらずだなぁ」
　優心は苦笑いして、俺たちの隣を歩いている。
　なんでついてくるんだよって思いつつ、俺は言った。
「莉愛なんかにちょっかい出してんなよ」

すると優心は意味深に笑って、明るい声で言う。

「サヤって莉愛ちゃんの彼氏なの？」

「そんなわけないだろ」

「じゃあ、莉愛ちゃんの恋を阻む権利は、サヤにはないよねぇー」

むかつくほど、上から目線の笑顔で返された。

「ねー、サヤ。北風と太陽の続きしよっか？」

優心は王子様みたいとか言われてた柔らかな笑みを、挑発的に俺に向ける。

――『サヤが北風で、俺が太陽』。

小学生のころ聞いたことのあるセリフだな。

ほんとついていけないんだけど。

優心は、ブレザーの向こうにも聞こえるような声で莉愛に問いかけた。

「ねー莉愛ちゃんは北風と太陽って、どっちが好き？」

「えっと……童話の？　うーん、太陽かな？」

「だってさー？」

――にんまり。

その優心の笑顔。反吐が出そう。

「じゃあまた勝負しようぜー、サヤ？」

余裕満々の笑みは、昔、莉愛と両想いだった自信から来てんのか知らないけど。

「……何それ。勝手にすれば」

ほんと最悪。

もうひとりの幼なじみ

【莉愛side】

１年３組の教室。

緊張しながら優心くんと一緒に入った瞬間、教室にざわめきを感じた。

たぶん、優心くんのせい。

小学生のころ、優心くんってまるでアイドルみたいにモテモテだったんだ。

今のざわめきも、きっとそういう声だと思う。

「お。莉愛ちゃん、また隣だ〜」

苗字（みょうじ）が同じ『ふ』からはじまるから、優心くんとは、春先によくお隣の席になる。

……なんだかホッとするな。

「よかったぁ……」

思わず、目を細めてため息をつくと、

「俺の隣、うれしいの？」

優心くんがいたずらっぽく笑う。

「うん」

知っている人がいるだけで全然違うもん。

あたしは人見知りで、だけどひとりで過ごす勇気はなくて……。

だから仲のよかった友達と同じ女子高を受けたけど、あたしだけ落ちちゃって、ひとりぼっちで……。

でも、爽斗くんがいるからって気を取り直したけど、別のクラスだってさっき聞いたとき、ショックでちょっと泣きそうだった。
そんな不安が徐々に消えていく。
「……同じクラスに優心くんがいてよかった」
「俺も。莉愛ちゃんがいてよかったよ〜」
優心くんは机に頬杖をついて、懐かしさを感じさせる穏やかな口調で言った。
「……ありがと」
こう言ってくれる友達がいるって、すごくありがたいな。
そのとき。
――ガコンッ！
すごい音を立てて、イスの背中をあたしの机に打ちつけながら、前の席の女子生徒が振り返った。
「そこの美男美女！　ラブラブすぎない!?」
「……え！」
あまりの勢いに、ビクッと肩が揺れてしまった。
「そういうラブラブしたのは、ふたりきりの部屋でやってよねー？」
呆れっぽく笑う女子生徒に、あたしはおどおどしたまま戸惑ってしまった。
「……！　えっと」
そもそも、誰に対して言っているんだろう？
美男美女って、誰のこと？
絶対あたしじゃないのに、どうしてあたしを見てるの？

混乱(こんらん)していたら、優心くんがふわりと笑って答えた。

「俺ら、ただの幼なじみだよ」

隣から体を傾(かたむ)けてきた優心くんの頭が、こつん、とあたしの頭に優しくぶつかって。

「ねー？」

なんて笑うんだもん……！

「そ、そうだけど、離れて……ね」

余計(よけい)に動揺(どうよう)しながら優心くんの体を押し返したときには、目の前の女子の眼差(まなざ)しはあたしたちをゆっくりと行き来して、「うわぁ……うっざぁ──」と遠い目をされてしまった。

「あはは。死んだ魚の目してる」

「こんな目にもなるでしょ……」

優心くんと女子は、いつの間にか楽しそうにお喋(しゃべ)りを続けているんだから尊敬してしまう。

簡単に誰かと打ち解(と)けちゃうところ、明るいムードメーカーだった優心くんらしいな。

この女子の名前は長谷川仁胡(はせがわにこ)ちゃんというらしい。

透明感(とうめいかん)のある茶髪のボブで、薄くだけどメイクもしている。

……気さくで、垢(あか)ぬけてて、すごくかわいい人。

あたしとは真逆だな……。

「ねー、ふたりの出身中ってどこなの？」

「俺は道森西(みちもりにし)中〜」

「あ、あたしは……道森東」

「道森東なの!?」

　バンッと机を叩(たた)かれて、ビクッと背筋が伸びる。

「はい……！」

「さっき超イケメン見つけたから出身校を聞いたら『道森東』って言われたの！　莉愛ちんの知り合いかなあ？」

　莉愛ちん……て、呼ばれた？

　呼ばれた……どうしよう、うれしい……。

「ねぇ、思い当たる男子わかる!?」

　こんなに目をきらきらさせて言うなんて、すっごくかっこいい人だったんだろうな。

　でも、あたしは……。

「ご、ごめんね。あたし……友達少なくて、たぶん知らないかも……」

　我ながら情けない。

「えー、そっかぁー。残念」

　せっかく話しかけてもらえたのに役に立てないなんて、申し訳なさすぎる。

「てか莉愛ちんって、やたらかわいいし彼氏いるの？」

　か、かわいいって……はじめて聞く社交辞令(しゃこうじれい)だ。

　あたしはブンブンと首を横に振って「いないよ……っ」と返した。

　あたしに彼氏なんているわけないって、見ればわかるでしょ？

　そんなこと聞かれるのも、恥ずかしいくらいありえないよ……。

「へえー。ユーシンは？　イケメンだし、なんかこなれてるし、めっちゃモテそうだけど」
「俺もいないよー」
　そう言いながら肩に回された腕に、ぐいっと引き寄せられて。
「ひぁ」
　バランスが崩れる。
　優心くんの片腕の中、トン、と彼に体を預けると、鼻先をかすめる、香水みたいな大人っぽい匂い。
　見上げると優心くんと視線が絡んで、
「好きな子はいるけどねー？」
　そう、いたずらっぽく笑いかけられている。
「ち、近……近い」
　あわあわと体を離そうと身をひねって、そっと離れる。
「ゆ、優心くんは好きな子が……いるんだね？」
　わかったよ、わかったから……そんなに見ないで。
　なんでまだ見てるのー……!?
　うつむいて、目をぎゅっと閉じて現実逃避するあたしの耳に、仁胡ちゃんと優心くんの声が聞こえてきた。
「うわうわ、そういうことなの!?」
「うん。そういうことー」
　どういうことかわからないけど、ふたりは意思疎通しているみたい。
　ふたりって気が合うんだなぁ……。
　あたしも、ふたりと仲よくなれたらいいな。

と、穏やかな時間をへて、いちばん苦手な時間が来てしまった。

自己紹介の順番が近づくにつれて、心臓がバクバク言いはじめる。

「深谷優心です。道森西中出身で、部活はバスケやってました。趣味はなんにもないけどなんでも好きでーす。よろしくお願いします」

さすが優心くん、全然緊張してなさそう……。

醸し出す緩い雰囲気のままに緩い自己紹介を終えた優心くんは、やっぱり魅力的な人だと思った。

それに優心くんが喋る間、優心くんの中性的な整った顔だちとか、穏やかな低い声とか、そういうのを褒める女子の囁き声があちこちから聞こえてた。

相変わらず、人気があるんだなぁ。

……って、それどころじゃないよ。

だってもうすぐ、あたしの番……。

変な汗、かいてきた。

……倒れそう。

「莉愛ちゃん、すげー震えてるけど、もしかして緊張してる？」

「え……う、うん……」

「相変わらずだなぁ」

……笑われちゃった。

だけど、結構深刻なことなんだよ……。

数日前からいっぱいイメージトレーニングしたけど、この緊張、全然解けないんだもん……。

「そしたらさ、俺と１対１で喋ってるような気で自己紹介したら緊張しないんじゃない？」

「１対１って……？」

「自己紹介の間、俺のことだけ見てなよ？」

　優しく細まる目は『大丈夫だよ』って言ってくれているみたいで。

　少し、勇気が出た。

　そして、あたしの番。

「道森東中から来ました……」

　あたしが喋るたびに、優心くんはにこっと笑って頷いてくれる。

「入ってた部活は……バドミントン部で」

「莉愛ちゃん、名前が飛んでる」

　間違っても、ぷっと笑って見守ってくれて、

「……藤光莉愛です……！　よろしくお願いします」

　誰よりも挙動不審に終わった後悔とか恥ずかしさはあるけど、いつもよりずっと……うまく言えた気がする。

　優心くんのおかげだ。

「よくできましたー」

　ポン、と頭に手が乗せられるのは、ちょっと照れ臭いけど、すごく懐かしい。

「ありがとう、優心くん」

　「よかったね」ってにこにこ笑ってくれる優心くんに、すっごく救われた。

無事に１日が終わって、爽斗くんと帰っている途中。

「それで……アドバイスどおり、優心を見ながら自己紹介したら、いつもみたいな大失敗にはならなくてすんだんだ」

「うん」

「……は？」

あ……あれ？

なんか突然、声色が不機嫌になったような……。

『自己紹介どーせまた噛(か)みまくって挙動不審に終わったんでしょ』って、鼻で笑われたから、『うまくいったよ』って訂正(ていせい)して、そしたら『なんで？』ってびっくりされたから答えただけなのに。

鋭(するど)い視線をあたしに向ける爽斗くん。

ごく、っと唾(つば)を飲み込む。

なんで、怒らせちゃったんだろう……。

「……ねー莉愛」

頭に手が乗って、あたしを覗き込むように爽斗くんは目線を下げた。

その……澄(す)んだ茶色い目に、吸い込まれそうになる。

「……っ」

「……莉愛　俺の見てないとこで何やってんの？」

愛想をつかされてしまいそうな、ムッとしたような、でも呆れてもいるような目があって、青ざめていく。

待って……。

何がいけなかった？

どれが間違いだった？

聞きたいけど、正解をわかっていない自分を知られるのが怖い。

なんであたしは、すぐ間違うんだろう。

……嫌(きら)いにならないで。

結局出てくる言葉は、これしかないの。

「……ごめん」

そう言うと、爽斗くんは呆れ返るようなため息を深くついてから、あたしの髪を１束(たば)すくい上げた。

「莉愛ってなんでそうなの？」

そして、うんざりしたような表情に距離(きょり)を詰められて影がかかる。

視界が、揺れる。

でも……目を離せない。

離したくない。

眉根を寄せた爽斗くんを見つめて、息をのんだ。

「……今朝、教えたと思うんだけど」

低いトーン、不機嫌な声が、鼓膜(こまく)を震わせる。

ドクドクと、鼓動(こどう)が速まっていく。

「俺以外のやつ見たら一緒にいてやんないって」

爽斗くんがすくっていた髪が、はらりと指の間をすり抜けて頬に落ちてきた。

近かった距離がさっと開いて、冷ややかな目があたしを見放して、

「じゃーね。もう莉愛なんか知らない」

爽斗くんは、あたしに背を向けて歩きはじめた。

……待って、やだ……。

襲いかかる絶望感。

――突き放された。

「爽斗くん、待って……！」

そう言っても、爽斗くんは止まってなんかくれない。

走って追いかけて、勇気振り絞って、なんとか袖口を掴んだ。

「ごめん、もうそういうことしないから……絶対気をつけるから」

自己紹介は誰かを見ないで、自分ひとりでちゃんとやるから。

だから、お願い。

そんな冷たい目で見ないで……。

ぼんやりと視界がゆがんでいく。

「……離れてかないで、お願い」

あたしが悪いのに、泣くのはずるいよね。

でも堪えられないくらい、爽斗くんが離れちゃうのが嫌なんだよ。

まだ足を止めてくれない爽斗くんの後ろを、袖を離さずに、しつこく追いかけていたら。

「んむっ」

急に足を止めた爽斗くんの背中に、顔をぶつけてしまった。

「ごめ……涙ついちゃった」

慌ててハンカチで拭き取る。

もう、なんであたし、嫌われることばっかりしちゃうの。

余計に涙があふれて、鼻をすするあたしに爽斗くんが振り返った。

ふわりと風に揺れる黒髪。

傾いた日差しが、きらきらと爽斗くんを包んでいるみたいに見えた。

「……」

視線が交錯(こうさく)して、時が止まったような不思議な感覚になる。

——ぽろりと、頬を涙が伝い落ちていく。

にじんだ視界で、ただ……見惚(みと)れてる。

のんきに、爽斗くんに見惚れてしまってる。

……だって、さっきと全然違う表情なんだもん。

許してくれたの？って思ってしまいそうになる。

そんな温かさのある呆れ顔で、笑うんだもん……。

「……ほんと、莉愛は泣き虫」

思わず噴(ふ)き出した口元に手の甲(こう)を当てて、肩を揺らしている。

爽斗くんは……笑ってる、だけ。

だたそれだけで、あたしの体温は上がって、鼓動まで、あっという間に速くなっていく。

あたしの髪をぐちゃぐちゃにかき混ぜて、そのついでみたいに、袖で涙をごしごしとぬぐわれた。

「爽斗くんの袖が汚れる……」

「どーでもいいよ」

爽斗くんは、肩の上でスクバの肩紐を握って歩きはじめた。

「許してくれるの……？」

「……莉愛に本気で怒るわけないっしょ」

……え？

聞き間違い？

ううん、小さい声だけど絶対『怒るわけない』って言った……言った……。

うれしくてたまらなくて涙腺は緩みかけて、口元がほころびそうになったとき。

爽斗くんは、あたしを振り返る。

憐れむように眉根を寄せて目を細めた彼は、あたしを見おろして言った。

「……って言ったら、うれしい？」

……え!?

「嘘だよ、普通にキレるから」

「……!!」

一瞬、舞い上がりそうなほどうれしかったのに、嘘だなんて、そんな……。

爽斗くんは、いじわるだ……。

爽斗くんは、そんないじわるな人だけど、あたしなんかを心配してくれるような一面もあるの。

だから翌日の放課後も、あたしの教室まで迎えに来てくれたんだと思う。

「莉愛ー、帰るよ」

爽斗くんは、いつも堂々としてるけど、そんな教室の入り口から叫ばなくてもいいのに……。

「う、うん」

恥ずかしくてうつむき気味に帰る準備をしていると、仁胡ちゃんが目を輝かせながら振り返って、あたしの両肩を握った。

「……ちょっと莉愛ちん！　あの人だよ！　わたしが見た道森東のイケメン！」

「え!?」

「まさか莉愛ちんの彼氏!?」

「ううん、まさか。幼なじみだよ……」

「うわまじか～。彼女いるの!?」

「いない、と思う」

たぶん。

そういう話は一度も聞いたことがないから……。

あれ……？

もしかして仁胡ちゃん、爽斗くんのこと？

心臓が変に音を立てはじめる。

すると、

「仁胡ちゃんはいい子だからアドバイスするけどさー、あのイケメンくんはやめといたほうがいいよ」

会話にさっと入ってきたのは、お隣の席の優心くん。

「なんで!?」と目を見開く仁胡ちゃんに、優心くんは困ったような笑顔を向けた。

「だって、ねー？　性格に難ありというか、まぁそのうちわかるよ」
「へ？」
……って、ふたりの会話に気を取られてた。
しびれを切らした爽斗くんが、こっちに歩いてくる。
慌てて止まっていた手を動かしていると、
「……遅いんだけど」
背後から、ずんっと頭の上に重さがのしかかってきて、前に倒れそうになった。
「……さ、爽斗くん」
後ろに立つ爽斗くんの腕が、あたしの頭に乗っかってる。
あ、爽斗くんちの柔軟剤の香りがする……。
頬が熱くなって、ただただドキドキに耐えていると、
「そんな赤くなってないでさ」
バカにするみたいないじわるな声とともに、むに、と頬がつねられてしまった。
「手ぇ動かしなよ。置いてくよ？」
……爽斗くんのせいで支度しづらいってこと、気づいてほしい……。
すると、仁胡ちゃんのほうから「まじか……」というかすれるような声が聞こえてきた。
どうしたのかな、って顔を上げると、何やら優心くんと目で会話しているみたい……？
「あ。きみって」
そう言って仁胡ちゃんのほうを見たのは爽斗くん。

「入学式の日に俺に喋りかけてくれた子だよね？」

爽斗くんはあたしから腕を離して、体ごと仁胡ちゃんのほうに向けてしまった。

「あーうん。覚えててくれたんだ？」

「当たり前。インパクト強すぎんだもん。かわいーしね」

「かわ……!?　えー！　こういう人……!?　でも、もういいや！　もうきみの情報はいらなくなったっていうか～」

「えー何それ。俺、振られてんの？」

冗談（じょうだん）っぽく言って笑ってる。

爽斗くんは、気の合う友達とはフレンドリーでよく笑うんだ。

……あたしにはしてくれないのに。

仁胡ちゃんと会話する爽斗くんは、とても楽しそう。

そういう表情、あたしもさせてみたいってずっと思ってる。

でも、一度もできたことなんてない。

仁胡ちゃんと爽斗くんの、会話が弾んでる。

まるで、あたしなんていないみたいだ……。

視線を落としてカバンに荷物を詰め込む。

こういうとき、いくら幼なじみで家が隣でも、爽斗くんの心には全然手が届かないってことを思い知らされるんだ。

「莉愛、顔上げて」

仁胡ちゃんとの会話を突然やめた爽斗くんに言われたとおり顔を上げると、

「……そう。その顔」

爽斗くんは満足そうに目を細めているけど、何を考えているかさっぱりわからない……。

『その顔』ってどんな顔？

そう思ってスマホの真っ黒な画面に映したあたしの顔は、すごく険しくてびっくりした。

「……俺、莉愛のその顔は嫌いじゃない」

そう言って笑う彼の意図はわからないけど、たぶん、嫌味だと思うけど。

戸惑いながらも『ありがとう』と言いかけたあたしの頬はぶちゅっとつぶされて、ボッと頬が熱くなる。

「……毎日でも見てたいんだよね、その顔」

いじわるな言葉と鋭い視線。

彼の手があたしから離れた。

代わりに向けられたのは満足そうな顔。

「……帰るよ、莉愛？」

ふっと、口角の上がった微笑（びしょう）。

爽斗くんはたったこれだけで、いとも簡単にあたしをときめかせてしまう。

「あ、爽斗くん待ってよ……！」

鼓動が、うるさくて仕方ない……。

Chapter 2

ぼやけた視界で

【莉愛side】

入学してもうだいぶ高校生活に慣れた、５月末。

さっき爽斗くんからメッセージが届いたんだ。

【数Ｉの教科書かして】だって。

だから教科書を持って、お隣のクラスの入り口までは来られたんだけど。

別のクラスに入るのって、緊張するよね……。

いまだ入り口に立ちつくしたまま教室を見渡せば、吸い寄せられるように目が行ってしまう。

……いた。

爽斗くんを見つけるのは得意なんだ。

小さいころから爽斗くんは、自分から人に近づいていくわけではないのに、人を惹き寄せるタイプ。

いつも男女関係なくいろいろな人と仲がよかったけど、高校でも変わらずそうみたい。

今も、楽しそうに笑う女子に肩を叩かれて笑ってる。

「……」

あたしは幼稚園のころから爽斗くんと何度も同じクラスになったけど、同じ輪で笑ったことなんかたぶんなくて。

あたしとは交わらない場所にいる爽斗くんを見ると、やっぱり寂しい気持ちになる。

「りーあーちゃん、険しい顔してなに見てんのー？」

　突然後ろから声をかけられて、飛び上がりそうになった。
「びっくりした……」
　……優心くんだ。
「莉愛ちゃん、こんな顔してたよ？」
　眉根を寄せ、眩(まぶ)しそうに目を細めてあたしの顔真似(まね)をされちゃった。
「そんなすごい顔してた……？」
「うん。険しい顔して目細くしてるとこたまに見るけど、もしかして視力悪いとか？」
「あ……うん、じつは」
「へー。授業中、眼鏡だもんなー。これ何本に見える？」
　愛嬌(あいきょう)たっぷりな笑顔で、指を立てて見せる優心くん。
　さすがにそれは見えるよ。
　『３本』って答えようとしたら、
「莉愛ー？」
　教室の奥のほうから爽斗くんに呼ばれて、ドキッとした。
　もたもたしてたせいかな。
　爽斗くんの声がちょっと不機嫌かも……。
「きょーかしょ、持ってきた？」
　爽斗くんは、まわりの目とか気にしないんだと思う。
　あんなに遠く離れたところから会話をはじめちゃうんだもん。
「うん……！　あ、優心くんごめん、行ってくるね」
「いってらっしゃい。俺はトイレー」
　のんびりとした優心くんとは真逆に、ひとり大慌てで教室に入って教科書を差し出した。
「あの……はいどうぞ」
「あ〜！　この子が爽斗の幼なじみ？」
　きらきらした女子が、うつむき気味のあたしの顔を覗き込むようにかがんで、ばちっと目が合ってしまって、挙動不審に目をそらした。
　昔から爽斗くんの友達はクラスの真ん中にいて、あたしとは生きる世界が全然違うから、なるべく関わりたくないというか、苦手意識を持ってしまうタイプなんだ……。
「んー、そう。幼なじみ」
　爽斗くんは教科書をあたしの手から抜き取ると、「はい、どーも」って心のこもらないありがとうをくれた。
　すると、ずいっと男子が寄ってきて、
「いやパシリかよ。でもあれ？　この子めっちゃかわいい」
「は？　黙(だま)って。てか莉愛、もういいから。さっさと自分の教室に戻んなよ」
　なんとなく一瞬盛り上がりかけた空気を、爽斗くんが一蹴(いっしゅう)して、用なしとなったあたしの背中を強く押した。
　気づけば廊下に追い払われていて、呆気(あっけ)ないほど一瞬しか爽斗くんといられなかった……。
　背を向けて輪に戻っていく爽斗くんを名残惜(なごりお)しく見ていると、爽斗くんの友達たちに手を振られた。
「またおいでよー」って声が聞こえたから小さく手を振り返したけど、その間も爽斗くんは、あたしのほうなんて見てくれないし、もしかしてあたしのこと、友達に見られるの恥ずかしかったかな……。

あぁ……きっとそうだ。

もっとかわいくて華やかな幼なじみだったら、恥ずかしくなかったかな……。

落ち込みながら教室に戻って、次は英語の時間。

教科書、ノート、筆記用具に眼鏡ケース。

それを机の端に揃えたら、優心くんが「見せてー」って眼鏡を手に取った。

優心くんの明るさと無邪気さのおかげで、ちょっと心が晴れていく気がする。

あたしの眼鏡をかけた優心くんは、すぐに外して目をぎゅっと閉じてしまった。

「うわキツー。莉愛ちゃんって視力どのくらいなの？」

「両方あわせて0.3くらいかな」

「そんな視力で裸眼でいんの!?」

「え……だめかな」

「うん、危ないっしょ」

差し出された眼鏡をかけると、突然世界がくっきりと明るくなって鮮やかになってしまうから、あたしには居心地が悪いんだ。

「人の顔がよく見えると緊張するから……」

「あー。莉愛ちゃん緊張しぃだもんなぁ」

納得したみたいに、手元でペンをくるりと回す優心くん。

あ……バカにしないんだ。

　前に、爽斗くんに同じことを言ったことがあったんだ。

　眼鏡をはじめて作った中学生のころ。

『眼鏡すると、いろんな人と目が合う感じがする……』

『勘違いだろ』

　だけど……視線が集まってるような気がしちゃうの。

　自意識過剰だってわかってるよ。

　でも、やっぱり、人を見ると目が合うような……。

『……誰と目が合うって？　バカじゃないの』

　不機嫌な声はあたしをバカにして、

『だったら普段眼鏡かけなきゃいいでしょ。眼鏡は黒板を見るためだけに使えよ』

　そう言って、重たくて違和感のある眼鏡を顔から外されて、爽斗くんは、ウザったそうに顔をしかめて言ったんだ。

『誰とも目が合わないように……うつむいて歩いてろ』

　今の話を優心くんにしたら、

「……っ、ぷ、あははっ、サヤらしいなー」

　お腹をかかえて笑われてしまった。

　なんで笑うんだろう。

　そう思いながら、なんとなく、眼鏡をした視界を優心くんに向けたんだ。

　あ……れ？

「優心くんって……かっこいい……」

　くっきりの二重の下、明るい茶色の虹彩とか、肌もきれい……。

　みんなが騒ぐ理由もわかるかも……。

「……な、えと、莉愛ちゃん？」

うろたえるような声にハッとして、食い入るように見ていた自分にやっと気づいた。

「ご、ごめん！　じろじろ見ちゃって嫌だったよね！」

頭を下げてから目を戻すと、そこには……。

赤く染（そ）まった頬を腕で隠しながらそっぽ向く優心くんがいて、「え……」と思わず声を漏（も）らしてしまった。

ドキドキと、心臓が速まる。

だってこんな優心くん、見たことない……。

そしたら優心くんはぷっと小さく噴き出してから、あたしの顔から眼鏡を外して、少し顔をそむけた。

「……ごめん、俺、照れたかも」

そう、困ったように呟（つぶや）かれて、なぜかあたしも、ドキドキしてしまった。

そのとき。

──スタン!!

目の前にギロチンでも落ちてきたのかと思った……。

上から落ちてきて、パタンと机に倒れたのは、数学の教科書……。

目を真ん丸にして見上げれば、声も失うほど、怒りに満ちた爽斗くんがいた。

殺気（さっき）立った冷ややかな目で、あたしを見おろす爽斗くん。

「……」

ごくっと、唾を飲み込む。

爽斗くんの腹立たしそうな視線は、こんなにはっきりとあたしに向いていて。
「今……莉愛、なんて言った？」
　声が小さすぎて、低すぎて、聞こえなかった……。
　なんでこんなに怒ってるの……？
　そう思って目の前に落とされた教科書を見たら、【数学A】って書いてあることに気づいた。
　……これだ！
　あたし、数Ⅰじゃなくて数Aを渡しちゃったんだ……！
「ごめん、こっちだったね……！」
　すぐに渡したけど、爽斗くんは機嫌を損ねたまま。
「どうも」
　爽斗くんは不機嫌に受け取って、不機嫌に廊下へと歩いていく。
「待っ、爽斗くん……！」
「……は、なんか用？」
　と振り返られて、あたしも思った。
　なんで呼び止めちゃったんだろう……。
　用事なんてないのに……。
「あの……ばいばい」
「はぁ？」
　ウザったそうに顔をしかめて、爽斗くんは廊下へと歩いていく。
　その背中を呆然と見ていたら、優心くんに、つんつんと肩をつつかれた。
「ねー莉愛ちゃんは、サヤの顔はかっこいいって思うの？」

「え……？」

「サヤの顔、好き？　好みのタイプ？」

なんでいきなり……？

「うーん……」

爽斗くんの顔が好みとか、そういうのはわからないよ。

だってあたしは爽斗くんが好きだけど、顔が好きだから好きなんじゃないというか……。

もし顔が違っても、きっと爽斗くんのことが好きだと思う。

「爽斗くんの顔を見て、そういうふうに思ったことはないかなぁ……」

「へー♪　じゃ、ちょっとだけ俺の勝ち？」

「勝ちって？」

「なんでもなーい」

にこにこ笑う優心くんにつられるように、口角を上げて返した。

すねる幼なじみ

【爽斗side】

優心のこと『かっこいい』って何。

何、顔赤らめて喋ってんの？

それと、教室を出ようとする俺の地獄耳(じごくみみ)が捉えた会話。

『サヤの顔、好き？　好みのタイプ？』

そんな優心の質問に、一度悩(なや)んでから。

『爽斗くんの顔を見て、そういうふうに思ったことはないかなぁ……』

何その、最悪な答え。

イライラしながら教室に戻って席につくと、両隣の女子に話しかけられた。

「ねー爽斗くんはバイトしてるんだよね？」

「どこでバイトしてるのー!?」

まじで、どうでもいい会話してくるよな。

「……知らない」

「「え……」」

空気が凍(こお)りついたのを感じながら、耳にイヤホンを詰める。

あーむかつく、なんなの莉愛。

夜８時。

ベランダの向こうの穴を見ると、部屋の電気が漏れている。

……莉愛、部屋のカーテン閉めてない。

カーテンが開いているってことは、つまり、入ってもいいよって意味。

これは俺たちの暗黙(あんもく)の了解(りょうかい)だ。

ベランダに出て、小学生のときぶち破った仕切り板の抜け穴を通り、莉愛の部屋に行く。

「爽斗くん、どうしたの？」

「教科書返すの忘れてた」

「ありがとう」

そういう口実を適当に言って、居座る。

「……」

莉愛は俺がいることなんて気にせず、マイペースに学習机で宿題をしている。

……さっそく手は止まってるけど。

「わかんないの？」

「……うん」

「どこ？」

莉愛の斜(なな)め後ろに立って、机に手をつきながら宿題を覗き込んだ。

小柄(こがら)な莉愛らしい小さい文字が並んでる。

さっきコンタクト外したからかもだけど、こんな字、小さすぎて見えないんだよ。

ノートに距離を詰めつつ目を細めて見てみれば……これって中学の復習の範囲(はんい)だよね。

「なんでこんなのもわかんないの？　この前、受験したばっかだろ」
「……そうなんだけど」
　かぁ、っと耳まで赤くなる莉愛。
　莉愛が勉強できないことなんて十分知ってるし、そんな赤くなるほど恥じる必要ないけど。
　一応、突っ込んどこうか。
「恥ずかしいの？」
「……っ、そんなことない」
「なのに真っ赤だよね」
　ふっといつの間にか上がっている俺の口角。
　赤らんだ頬をむにっとつまんだら、すぐに顔をそむけられて、指先が離れる。
　そういうね、恥じらう態度を見ると俺は思うんだよね。
　……いじめたいって。
「なんで顔、隠してんのか教えてよ」
「だ、だって、よく見えるから……！」
　よく見えるって？　何が？
「はー？　なんの話？」
　思わず首をかしげると、莉愛は「じつは、優心くんがね」と話しはじめた。
　優心。
　ひく、っと俺の頬がひきつっていく。
「視力悪いのに眼鏡かけずに歩くのは危ないよってすっごく説得されて……。でも、眼鏡は重たいからコンタクトにしたの」
「またあいつ余計なことするよな……」
目が悪くても裸眼で生きていけてんだよ、莉愛は。
なのに、何してくれてんの。
たまにだけど、莉愛に見惚れる男がいるのは事実で、それにこいつが気づいたらどーすんだよ。
それでこんな男経験皆無の女が、変な男に騙されでもしたら、どーするわけ。
優心、責任とれんのかよ、とれねーだろ。
中学のころ、『眼鏡すると、いろんな人と目が合う感じがする……』とかって大騒ぎしてた莉愛を丸め込んだのに、あいつ何してくれてんの？
……ほんと邪魔でバカで迷惑でどーしようもないね。
「……で、コンタクトがなんなの」
「だから……爽斗くんのこと、よく見えるっていうか……」
「は？」
「よく見えて落ちつかないのに、なんだか今日……近くない？」
ずっと落ちつかない様子で、俺をチラチラ見るその目。
……なんか、かわいいんだけど。
「それは、俺がコンタクトしてないからじゃない？」
「え？　爽斗くんて目、悪かったの？」
ズルッと滑りそうになる。
幼なじみなのになんで知らねーの。
「そーそ。だから近づかないとよく見えないの、俺」

「知らなかった……。視力どのくらいなの？」

いちいち覚えてない。

でも聞かれたから教えてあげないとね？

莉愛の座る回転イスをくるりと回して、俺と向き合う。

瞳、揺れてる。笑いそー。

そんな怯えなくても、別に怖いことなんてするつもりないんだけど。

莉愛の座っているイスの肘置きに両手をついて、莉愛を閉じ込める。

「……こんくらい近寄んなきゃ見えない」

目と鼻の先にいる莉愛の瞳が右に左に泳いで、真っ赤な顔して、

「そ……そうなんだね」

絞り出したような声でそう言ってから、莉愛は両手で顔を覆った。

それで、もう降参みたいな声色で、

「……も、どうしていいかわかんないよ……っ」

そんなの言われたら、心臓の真ん中に、ずんっと重いものが突き刺さる。

でもそういう顔って、俺だけに見せるわけじゃないんだよね？

俺だけ見てろよ。

他のやつなんか視界に入れんなよ。

そーゆーの、耐えらんないから。

「……優心の隣の席、楽し？」

「へ……？」

莉愛から離れて、ベッドにどすっと腰かけた。

「楽しいかって聞いてんの」

「え、っと。うん、普通に楽しいけど……」

「……ふーん」

……普通に楽しいんだ。

本気でむかつく。

でも『優心と話すな』って言ったって、従順な莉愛でも、きっと言うこと聞かない気がする。

正直自信ないし、もし本当に俺の言うこと聞かずに優心を選んだときのダメージを考えたら、うかつに言えるわけない。

「あの……爽斗くん、どうしたの？　具合悪い？」

「うるさい静かにして、寝る」

ふて寝しかないよね、こんなの。

ぱち、と目を開けた。

青白い夜明けの色に染まる部屋……。

ここどこ……？

と、寝ぼけたのは一瞬。

すぐにここが莉愛の部屋だって気づいて、体に絡まってるものを見てぎょっとした。

莉愛が俺の右腕を、まるで抱き枕(まくら)かのように抱きしめてる。

「……離して」

慌てて腕を引っこ抜こうとしたけど、これ、感覚がないレベルで痺れてる。

左手で右手を引っこ抜いてやるという我ながらダサい状況で、なんとか体勢を変えると、

「……」

莉愛と向かい合うようになってしまって。

長いまつげの目立つ、色白の肌。

柔らかな頬とか。

無防備な寝顔とか。

「……なんで一緒に寝てんだよ」

呆れを通り越してる。

叩き起こすとか、逆に莉愛が俺の部屋で寝るとか、いくらでも案はあるだろ。

てか待って、冷静に俺ら高校生だよね。

正直、このままキスしたいとか、そんなん普通に思うよ。

こういう状況でも、莉愛は平気で寝られるんだ。

俺と莉愛ってなんでこんな違うの？

なんで昔っから、俺ばっかり好きなんだろ。

……むかつくから、起きるまで待っとこうかな。

俺が意識ない人に手出すような、悪趣味な男じゃなかったことをありがたく思えよ。

でもその代わり、起きたときには最高のリアクションしてよね。

こっちに寝返りを打ってきた莉愛を、そっと腕の中に抱き寄せた。

それからたった10分後、耳元で大音量のアラームが鳴り響いた。

「……っ!!」

びっ、くりした……。

どんだけ早起きしてんの？

莉愛の支度なんて５秒もあればできんだろ。

こんな早く起きる必要がどこにあんの。

そう思いながら、俺の腕に包まれて寝ている莉愛に目を落とす。

「……ん」

薄く開いた目がぼんやりと俺を捉えて、

「……っ、え!?」

小さく叫んですぐ、きゃあ、とか言って飛び上がるのかなって思ってた。

そしたらバカにしてやろうかなって。

ざまーみろって、そう計画していたんだけど。

「……」

まさか、俺の胸に顔をうずめてくるなんて思ってなかったし。

「ごめんね……！」

なんのごめんかもわかんないし。

え……？

なんでそのまま顔うずめてんの？

待って、離れて。何してんの。

平気で抱きしめていたはずの俺の腕が、がちがちに強張(ば)っていく。

明らかに焦(あせ)ってるのは、こっちだ。

「……何くっついてんの？」

莉愛は何も答えず、俺の服をきゅっと掴んだ。

え、どーすんの。なんか消えたいくらい顔が熱くなってきたんだけど……。

心臓がうるさい。

尋常(じんじょう)じゃないって自分でもわかる。

……でもこんなん、負けたくないじゃん。

真っ赤になってそうな自分の顔だけは悟(さと)られないように、莉愛のことをすっぽりと抱きしめてみる。

「なに平気で抱かれてんの」

本気で疑う。

俺だけが必死とか虚(むな)しすぎんだろ。

「莉愛……俺のこと男って思ってる？」

疑うように聞いたら、たしかに胸板に2、3回頷いた頭がぶつかった。

そういうちょっと冷静なとこが余計に許せないんだけど。

「……だったら少しは取り乱せよ、バカ」

悔(くや)しさの混ざる一言と同時に莉愛のことを解放したら、あいつは両手で顔を隠して言った。

「……しんぞ、止まる……」

「は？」

「……さや、爽斗くんの、バカァ……！」

布団（ふとん）を頭の上からかぶって、丸く盛り上がったベッド。
それを呆気にとられながら眺（なが）める。
遅れて笑いがあふれてきた。
くつくつと、肩を揺らして隠れてる莉愛を眺める。
……何これ。いい眺め。
「出てきなよ？」
布団をはがしたら、こっちが恥ずかしくなりそうなほど顔を赤く染めた莉愛が、ちょこんと座っていて。
……ずぎゅんと何か重いものが心臓に突き刺さる。
こんなの、いじめないほうがおかしいから。
ちょっとした沈黙（ちんもく）の中、莉愛の隣であぐらをかいて座って、肘で腕をポンと小突いてみる。
「いた」
「なんで俺と一緒に寝たの？」
「だって……起きなかったんだもん」
「起こせばよかったじゃん。アラームとかなんでも方法あるだろ」
「……それは」
「そんなに俺と寝たかったんだ？」
顔を覗き込んでみると、莉愛は限界まで恥ずかしそうにうつむいて、
「ごめんってば……！」
かかえた膝（ひざ）に顔をうずめ、背を丸めて小さくなる莉愛。
ああもう、合格。
かわいすぎ。

　最高にかわいいから、俺は思うんだよね。
　いじめたい。
「……ねじ伏せていい？」
　莉愛は不思議そうに目をぱちくりさせて、まだ火照る顔を上げた。
「……ねじ伏せるって、どういう意味？」
　言うと思った。
　っていうより、言わせようとしたんだけどね。
「こういう意味だよ」
　って、そう言いたかったから。
　莉愛の両手を掴んで、組み敷くように押し倒した。
「ひゃ！」
　──ドサ、っとベッドがふたり分の重さを受け止める。
　倒れ込んだ莉愛と向き合って、揺れる瞳が俺を見てる。
　もっと怖がっていいよ？
　……その表情、最高に好きだから。
　……俺は、ね。
　でも、莉愛は俺より優心のほうが好きらしいけど。
「な、な……何、どうしたの、爽斗くん」
「……莉愛って、優心の顔が好きなんだって？」
「え？」
　え、じゃない。
　否定しなよ。バカ。
「……むかつくんだよね」
　もやもやと内側からあふれてくる気持ち悪い感覚。

「莉愛は、優心と俺、どっちと一緒にいたいの？」

こうして脅しをかければ、きっと莉愛は怯えながら、こう答える。

「爽斗くん……だよ」

ほらね。小心者の莉愛らしい。

でもそういうんじゃないんだよ、俺が求めてるのは。

怖いからとか、服従とか、そういうんじゃなくて……。

もっとずっと、単純な意味で、俺を選んでほしいんだよ。

俺だけを見ろよ。

他なんて目に入らなくなるくらい。

目をそらす暇もないくらい、俺だけを。

鋭く開いた視界の中で、莉愛の喉が、ごくっと動く。

そんな怯えてないでさ、もっと俺のこと正確に見れねーの？

つまり、“男として”。

「……意識しろよ」

イライラするまま耳元で声を落として、この凶暴な気分をぶつけてしまいたくて。

無防備なTシャツの首元に唇を押しつけた。

――チュ、鎖骨のそばの皮膚の薄いとこに少し刺激を加えたら、

「……痛っ」

莉愛の体がビク、と反応した瞬間、思わず唇を離してしまった。

中途半端に残る、薄い赤色。

　ドクドクと心臓がうるさい中、失敗のキスマークを見て、俺らしいなって、悔しくなる。
　好きで、好きで、莉愛なんか、めちゃくちゃにしたいって思うくせに、好きで、好きで、莉愛のことめちゃくちゃにしようとする自分に簡単にひるむ。
　そんな矛盾が現れた失敗のキスマーク。
　一方通行の傷痕を見ていたら、あふれてくるのは後悔ばかりだ。
　なのに。
　首元を押さえて戸惑う莉愛が、頬を上気させる莉愛が。
　こんなことしてんのに突き飛ばそうとも、抵抗のひとつも見せなかった莉愛が、俺の罪悪感を払拭していく。
　……勘違いさせんな、バカ。
　体を離すと、すぐに莉愛は起き上がって、マヌケに口をぽかんと開けて聞いてきた。
「爽斗く……何……今の、何したの？」
「……知らない。自分で考えたら？」
「えぇ……？」
　困ったように眉を下げる莉愛。
　莉愛のせいだよ。
　独占欲とか支配欲とか。
　簡単に煽ってくる莉愛が悪い。
「もう時間だから、家に戻るわ」
　ベランダを抜けると、「待って、爽斗くん……！」と、聞き心地最高の名残惜しそうな声が聞こえた。

ふっと、口角が上がる。

その調子。

一生追いかけてきなよ。

「やだ。待たない」

「……！」

振り返ることもせず、問答無用に自室に戻ってカーテンを閉めた。

あふれる独占欲

【莉愛side】

……結局、爽斗くんが宿題を教えてくれるようなことはなかった。

爽斗くんは頭がいいから、たまに教えてくれるときもあるけど、それは彼の気分次第。

だから仁胡ちゃんにメッセージ送ったりして、なんとか宿題は終わったんだけど……。

……どうしよう。

爽斗くんが、あたしのベッドのど真ん中で寝てる。

もう少し端に行ってくれたら、普通にふたりで寝られそうだと思うけど。

「……うーん」

どうしよう。

爽斗くんと壁の間に入って、挟(はさ)まるように寝るしかないかな。

……でも、緊張する。

昔はよく一緒に寝たけど、いつからかそんなのはなくなったし、爽斗くんはあたしと寝るのなんて、絶対に嫌がると思うんだ。

「爽斗くん、ねぇ、起きて？」

……全然起きないよ。

爽斗くんは、眠りが深いんだよね。

「……ごめんね」

謝りながら、そっと壁と爽斗くんの間に入って、リモコンで電気を消した。

「おや、おやすみ、なさい……」

うう。

心臓、ドキドキしすぎて苦しい。

電気の消えた天井(てんじょう)を見つめながら、何度も深呼吸してる。

横向きで寝てる爽斗くんの背中に、ぺったりとあたしの体の側面がくっついてるんだもん……。

とくん、とくん、と爽斗くんの心臓の音が聞こえる。

穏やかで心地いいリズムを聞いていたら、いつの間にか、眠ってしまっていたらしい。

そして目を覚ましたけれど、その後、なぜか爽斗くんはあたしに覆いかぶさっていて……。

……ドキドキする。

だって、爽斗くんにこう……押し倒されて、しかも首元にくち……びる……。

ドッドッドッド、と心臓がけたたましい音を立てて息苦しいのに、口元ばかり緩んでしまって……。

「……学校、行かなきゃ……」

部屋のカーテンを開けているのに、爽斗くんが来る気配(けはい)はない。

……今日はひとりで学校に行ったのかな。

さっきまでの少し浮かれた気持ちが、徐々に冷静になっていく。

　爽斗くんはあたしとは違って、人並み程度には流行に敏感。

　さっきの、ねじ伏せるとか、首にキスしたのも流行かなんかで、ようするに新手のいじわるなのかもしれない。

「……っ」

　だとしても。

　……うれしかったって思っている、はしたない自分がいる。

　なるべく顔に出さないように学校へ向かう途中。

　ポンと肩を叩かれた。

「おはよん、莉愛ちん♪」

「あ、仁胡ちゃん。おはよう」

　正門に入って、もうすぐ昇降口というところ。

「……」

「……」

　なんだろう……仁胡ちゃんが、あたしの顔をすっごく見てる……！

「ねぇ莉愛ちん、なんかいいことでもあった？」

「え……!?」

「なんていうか……にやけてるよ？」

「本当……？」

　やだ、しっかりしないと。

　両頬を押さえて、表情筋をほぐしてみる。

「えーなになになに！　そんな顔赤らめちゃって！　何が

あったのー？　教えてよ～」

楽しそうに弾む声にあたしは大慌てで返す。

「なんでもないよ……！」

昇降口の階段を上がりきったとき、仁胡ちゃんを挟んで対角線上に爽斗くんの姿が見えて、心臓が跳ね上がった。

とんでもなく焦ったの。

だって、どんな顔して会っていいかわからないくらい意識してしまったから……。

爽斗くんに気づかれる前に、仁胡ちゃんを盾にしてすっぽりと隠れていた。

「え、どうしたの？　莉愛ちん？」

大きな声を出さないで、バレちゃうから……！

そんな気持ちで、仁胡ちゃんの背中でかくれんぼをするように、息をひそめてやりすごす。

だけど、爽斗くんの下駄箱があるのはあたしの背中側だし、すたすたと迷いなく歩み寄る音がどんどん近づいてくる。

あ、でもよかった。

気づいてないみたい。

あたしの後ろを通りすぎていく爽斗くんを横目に確認して、ホッとため息をつこうとしたとき。

──こつん、と頭を叩かれてしまった。

「……莉愛のくせに避けんな」

優しくもなければ、痛くもない絶妙の感覚が、頭のてっぺんに残ってる。

……爽斗くんだって、一瞬でわかる叩き方と声。

顔を上げられずにいるのはね、ほっぺが熱くなっていくから……。

「……ごめ……ん」

「毎日ごめんごめん、ウザいんだけど」

さっさと先に行ってしまう足元が視界から外れた。

それでもあたしはまだ、地面しか見られない。

「……どうしたの？　爽斗くんと何かあったの？」

仁胡ちゃんは興味津々。

「ううん、いつもどおりのいじわる……」

「いじわるなのに、なんかやけにうれしそうだよね？」

「……う」

お隣をうかがうと、にやにやと笑う仁胡ちゃんがあたしを小突いた。

「おやおやー？」

「なっ、なんでもないの……っ。ほんとに……！」

「……っ、ぷ。なんか爽斗くんが莉愛ちんのこといじめたくなる気持ちわかるかも」

お喋りしながら、教室についた。

……仁胡ちゃんといると楽しいな。

クラスが一緒で、苗字が近くて本当によかった。

「どうした？　またにやけてない？」

「あ……ううん。仁胡ちゃんに出会えてよかったなぁって思って」

「えーもう何それー！」

ぎゅーっと抱きしめられておどおどするあたしを、仁胡ちゃんは笑う。

「莉愛ちん、かわいい〜」

楽しそうに笑ってる仁胡ちゃんのほうが、ずっとずっとかわいい。

「ていうか、莉愛ちん身軽だね？　体操着持ってきてるの？」

「え？」

「今日の１時間目、体育に変わったでしょ？」

「そうだっけ……!?」

「ほら。黒板に書いてあるよ？」

「ほんとだ……。体操着忘れちゃった」

「借りておいでよー」

「うん」

と、返事だけはよかったあたしだけど。

借りるって……いったい誰に。

首をかしげながら廊下に出た。

中学のころ、仲よくしてくれた数少ない友達は、みんな近所の女子高に進んでしまった。

この高校には顔と名前は知ってるけど……というような間柄の子しかいない。

……見学しようかな。

あれ？　待って、見学も体操着いるんだっけ？

もう一度首を傾けたちょうどそのとき。

「何してんの？」

——どす、とあたしの頭に重みが加わって、首が折れるかと思った……！

「……さ、爽斗くん。痛い……」

「何マヌケな顔してんの」

あたしの背後から乗りかかるの、やめてほしい……。

「体操着忘れちゃって、見学って制服でも大丈、ンムッ」

何かが顔めがけて降ってきた。

「うん、聞こえてた」

鼻、痛い……。

頭の次は顔を狙うなんてひどい。

顔に押しつけられたものを思わず掴むと……。

これ、体操着袋……？

「……え」

「俺の貸してあげる。莉愛、友達いないもんな」

わぁぁ、すっごく見下されてる……。

「ありがとう。……でもサイズが」

「は？　俺が貸してやんのに文句とかあるんだ？」

「な、ないです……！　ありがとう。それじゃあ」

「待てよ」

くっと、腕を掴まれて振り返る。

すると、ポコンと彼の手の甲が頭に落ちてきた。

「忘れ物の面倒くらい俺が見てやるよ」

呆れっぽく細まる茶色の瞳。

とくんと胸が鳴って、じわりと体温が上がる。

「あり……がとう……」

両手で体操着袋をこんなに強く抱きしめてるのは、込み上げてくるうれしさが堪えられないから……。

そうして更衣室で着替えてみたけれど、やっぱりサイズ感が少しおかしい。
「……なんかその体操着姿、すごいね」
仁胡ちゃんも苦笑いするくらい、サイズが合っていない。
ハーフパンツは紐をきつく縛(しば)って、ずり落ちはしないものの丈(たけ)が長すぎる。
爽斗くん、足長いもんなぁ。
だぼだぼのＴシャツもこういうものって思えば、なんとか……。
……いい匂い。
昨日一緒に寝たときも、同じ匂いしたなぁ。
ドキドキしながら更衣室の鏡で体をひねって確認していると、ひょこんと鏡に女子生徒が入ってきた。
うわ……美人さん。
黒くて艶(つや)やかなロングヘアが、ふわりと揺れる。
きれいなメイク、なんかいい香りもする……。
こっちが見ていたせいか、美人さんの瞳がこちらに移った。
「ねぇ藤光さんのその体操着、名札の【雪本】ってもしかして２組の爽斗くん？」
「……あ、うん」
「やっぱり！　いいなぁー幼なじみなんだっけ？」

きつそうに見えたけど、意外とフレンドリーな雰囲気でホッとする。

「幼なじみ……だよ」

「へー、あんな超イケメンと幼なじみとか漫画みたーい」

女子生徒は、鏡のほうに身を乗り出して赤いリップを唇に塗りながら、「爽斗くんて彼女いるの？」って聞いてきた。

なんかこの質問って、高校に入ってから結構聞かれてる気がするなぁ。

仁胡ちゃんや、その他の知らない女子にも数人から聞かれたはず。

「いないと思うよ」

たぶんだけど……。

あまりに聞かれる質問だから、今度正しい情報を爽斗くんに確認してみようかな。

……ちょっと怖いけど。

だって、もしも彼女がいたらって考えたら……。

「蘭子、何してんの〜？　リップとかいいから早く行こーよー」

「ごめーん、今行くー！　ありがと、藤光さん！」

蘭子さんというらしいその子は、クラスで一番派手なグループの人と一緒に更衣室を出ていった。

そうして、放課後。

「藤光さーん、ちょっといい？」

帰る前にお手洗いに寄ろうとしたら、蘭子さんに声をかけられた。
「藤光さんって、２組の爽斗くんと家も隣なんだよね？」
「うん」
「そこでお願いがあるんだけど、これ渡してくれない？」
　そう差し出されたのは、くすんだピンク色の封筒。
　金色のハートのシールで、封が留めてある。
　やけにお洒落だけどハートのシールってことは、これって、典型的な……その、
「……ラブレター……？」
　小さくうかがうと、蘭子さんは当然のようにコクと顎を引いた。
「……じつは入試のときに一目惚れしたんだ。入学前からこんなの書いて持ち歩いてたんだけど勇気が出なくてさぁー。ＳＮＳで言うよりこっちのほうがインパクトあるかなぁって！　だって爽斗くん絶対モテるじゃーん？　でも勇気が足りないわけ！　そこでぇ、藤光さんに手伝ってほしいなぁーって！　ね？」
　勢いよく喋る蘭子さんに気圧されてしまう。
「て、手伝うって……」
　待ってよ。
　このきれいな女子が爽斗くんのことを、好きって、ほんとに……？
　混乱しながら差し出されたラブレターを、そっと受け取ってしまった。
「これを……あたしが……？」

入学してからずっと持っていたのに、シワひとつなく大切に扱われた封筒も、あたしの前で、照れ隠ししながら笑う蘭子さんの気持ちを表してるよね。

その気持ちって軽いものじゃないよね？

あたしのと同じ……恋、なんだもんね……？

「……ごめん。これ、あたしからは渡せない……」

震える声でそう言いながら、そっと手紙を返した。

「え？　なんで……？　お隣なんだから、さっと渡してくれるだけでいんだよ？」

「あたしが渡すのはできると思うけど……。こういうのは自分でしないと」

「何それ……？　わかった。藤光さんも爽斗くんのこと好きなんでしょ!?」

きつい視線を向けられて、さらに図星をさされてドキッとした。

「……違うよ……」

「好きじゃないなら、協力してくれてもいいじゃん！」

荒っぽい声にビクビクしながらも、言わなきゃいけないことだから勇気を振り絞る。

「そうじゃなくて……」

もし、あたしが爽斗くんに預かったラブレターを渡したら、たぶん爽斗くんは読まないんじゃないかって思うんだ。

そういう事例があったわけでもないし、理由なんかないけど。

……本当になんとなくだけど、ただの勘だけど、そう思うの。

「爽斗くん、こういうのは本人から直接もらいたいと思う」

他の女子との恋を応援したいわけじゃないのに、今あたしがしてるのはたぶん適切なアドバイスだ……。

「……そっか、それもそうか」

ほら。

こんなふうに納得されて、すぐに後悔しはじめるくせに。

アドバイスしたくせに後悔してしまうような最低な自分にも、落ち込んでしまう。

「……ごめんね藤光さん。ちょっと興奮しちゃったっていうか、当たりきつかったよね。これは自分で渡すことにする。アドバイスありがとね！」

自分の気持ちが言えて、人の話が素直に聞けて、ごめんとありがとうが言える蘭子さんに、あたしはひとつでも勝てる部分があるのかな。

……って、なんにもない。

あるわけがない。

申し訳なさそうに笑う蘭子さんが、すっごく眩しかった。

胸が苦しくて、ずきずきと痛い。

こういう気持ち、やきもちっていうのかな。

こんな自分が嫌になる。

「……さ、爽斗くんは優しいから」

あたし以外の人には、フレンドリーだし、いじわるなんかしないから……。

「だから蘭子さんの話、ちゃんと聞いてくれると思うよ」

蘭子さんがくれるのと同じくらいの笑顔を返したら「笑顔がぎこちなさすぎ!!」って言われてしまったけど。

「ありがとうね！　緊張するけど、ぶつかってくるわ！」

「うん、頑張ってね」

応援する自分の心が、本物じゃないことくらい気づいてる。

あたしって、本当に最低だ。

そんな気持ちの中、無理やり唇の両端を上げて蘭子さんに手を振った。

あたしも教室に戻ろうと少し歩いた廊下で、さっきまでは柱で死角になっていたところに人影を見つけた。

誰だろう？と、視線を運ぶ。

壁に寄りかかりながら腕組みしている人影が誰なのか認識(にんしき)した瞬間、悲鳴(ひめい)を上げそうになった。

「……あ、あ、爽斗くん……」

いつからそこに……？

もしかして、聞いてた……!?

いや、距離は結構あるし聞こえてないよね……？

「……じゃあ、お先に」

小さく会釈(えしゃく)してそそくさと目の前を通りすぎようとしたら、ひょいっと長い脚を伸ばされた。

「ひゃっ！」

危ない……。あと少しで転ぶところだった……！

「……危ないよ……っ」

「ねえ、莉愛」

　真っ暗なオーラを放つ爽斗くんが、壁から背中を離して、あたしと向き合う。

　ななな、何……？

　強い瞳があたしを睨(にら)んでる。

　さらりと揺れる黒い前髪。

　うんざりした様子で首をかしげ、あたしを見おろす爽斗くん。

「莉愛、どんな立場で他人の恋愛に応援なんかしちゃってんの？」

「ど……どんな立場って……？」

　っていうよりも、蘭子さんとの話を聞かれちゃってる。

　蘭子さんに申し訳ないと思いながらも……爽斗くんが尋常じゃなく怖い。

　詰め寄られては後ろへ下がり、壁に背中がついた瞬間、イラついた様子の爽斗くんの肘があたしの顔のすぐ横の壁にぶつかった。

「何アドバイスとかしてんの？　俺、そんなこと頼(たの)んだっけ？」

　頼んでない、と心の中で返すことしかできない……。

　ごく、と喉が鳴る。

　茶色い瞳の虹彩。

　それに映るあたしまで見えるくらい……近い……。

　心臓はバクバクと速まっていく。

「何が『こういうのは本人から直接もらいたいと思う』だよ」

「でも……待って近い」

　ドン、と体を押し返して、おそるおそる見上げると、いまだ爽斗くんの目は不機嫌。

　でもあたしだって、爽斗くんのことを考えてアドバイスしたんだよ……？

「だって爽斗くん、もしもあたしが手紙を預かったら、受け取らないよね？」

「受け取んない」

「怒るよね？」

「怒る」

　ほら、やっぱりそうでしょ……？

「つまり、直接欲しいよね？」

「いらない」

　ぶちゅ、と両頬を掴まれて爽斗くんを見上げさせられてしまった。

「……告白なんか、全部いらないんだよ」

　険しい表情。

　どく、っと心臓が音を立てる。

「……さ、爽斗くんには……もしかして……」

「は？」

「付き合ってる人がいる……？」

　勢いに任せて聞いてしまったけど、ハッとして、汗がぶわっと噴き出た。

　どうしよう、聞いちゃった。

「……いるって言ったら？」

静かな声が、廊下に消えて。

「……え……」

あたしの声も放課後の音に消されてしまう。

「彼女いるって言ったら、莉愛はどう思うの」

「……少し」

「少し、何？」

責められているような気持ちになる声色。

なんて言えば正解なのかわからないけど、今は本音を伝えたい。

ごく、っと唾を飲み込んで、

「少し……嫌」

消えそうな声で素直に答えた。

「「……」」

あ。あれ？

なんで黙っちゃうの……？

焦って目が泳いでしまう。

「……何その顔」

ガシガシとあたしの髪をかきまぜた爽斗くんは、ふいに顔をそむけた。

「……素直に妬(や)いてんなよ、バカ」

後ろ姿が遠ざかっていく。

頭に残る温もり、心拍数(しんぱくすう)も体温も上がっていく。

爽斗くんの姿が見えなくなって、しばらくしてからやっと我に返った。

待って、待ってよ。

これって、はぐらかされたんだよね？

彼女、いるの？　いないの？　どっち？

……知りたいよ。教えてよ。

こんなにもやもやした気持ちを残して、どこかに行かないで。

あたしは足も遅いけど、全力で走って、爽斗くんを追いかける。

階段を駆けおりて、やっと爽斗くんの後ろ姿を見つけた。

「……っ、待って」

そう言っても、彼は待ってなんかくれない。

だからあたしは追いかける。

そのシャツに思いっきり手を伸ばして。

「爽斗くん……っ！」

息を切らしながら捕(つか)まえた彼は、眉間(みけん)にシワを寄せて振り返った。

「……まだなんか用？」

そんなに迷惑そうに、言わなくてもいいのに……。

「……爽斗くんは、彼女、いるの……？」

はぁはぁ、と息を切らすあたしを、一瞥(いちべつ)する爽斗くん。

「……なんでそんな必死で聞きに来るの？」

そう言ってあたしの髪に触れる、指先……。

「必死なんかじゃ……」

「どう見ても必死すぎだけど」

もしかして……汗!?

は……恥ずかしい……！

飛び上がる勢いで爽斗くんから距離をとった。

「必死だったのは……最近よく『爽斗くんに彼女いるの？』って聞かれるから知りたくて、です」

こんな嘘ついちゃったけど。

でも事実だから……いいよね。

「……へー。そう。莉愛ってそんなくだんないことに使われてんだね。莉愛らしいけど」

ふっと、鼻で笑った爽斗くんは淡々と答えてくれた。

「彼女なんていないよ」

「そっか……」

……よかった。

でも、もし誰かに告白されたらどうするんだろう。

「爽斗くん……彼女は欲しいと思ってる……？」

「何それ。それも聞かれたわけ？」

「えと……」

そうじゃないけど。

あたしが気になるだけだけど……。

「とりあえず、息も切れすぎ」

そう言って、帰ってしまった。

答えてもらえなかった……。

この日の夜。

お風呂上がりの髪を乾かしてから、脱力するようにベッドに倒れ込んだ。

今朝……一緒に寝たんだよね、このベッドで。

ドキドキと心臓が鳴りはじめて、ぬいぐるみを抱きしめてうずくまった。

頭の中は、いつの間にか爽斗くんでいっぱいだ。

結局、蘭子さんは爽斗くんに告白したのかな。

……やっぱり、どうしても気になるよ。

ベランダに出てみると、隣の部屋から電気がはっきりと漏れている。

カーテンが開いてるってことは“部屋に入ってもいいよ”っていう合図。

……あれ、でもなんか緊張して、変な汗かいてきた。

制汗スプレーをして身支度を整えてから、深呼吸してようやくベランダに出た。

「あれ……？」

爽斗くんの部屋には誰もいない。

「おじゃま……します」

一歩、踏み込んだとき、机の上に置かれた封筒が目に入った。

「……あ」

くすみピンクの封筒。

かわいく崩れた文字で【爽斗くんへ】って……。

告白なんか全部いらないって言ってたのに……ラブレター、受け取っちゃったんだ。

思わず封筒に手を伸ばしかけたそのとき。

──ガチャ。

ドアが開いて、部屋に見えた長身細身のシルエット。
「爽斗くん……！」
「……プライバシーの侵害(しんがい)」
気だるそうな様子で、後ろ頭をかきながら部屋に入ってくる爽斗くんは、机の上に手を伸ばしてラブレターをあたしから遠ざけた。
「ご、ごめん！　読もうとしたわけじゃないの……」
無意識に手が伸びてただけで。
って、それじゃただの言い訳だ……。
謝りながらも慌てているあたしに、爽斗くんは呆れ声で言った。
「てか……何その恰好？」
「恰好？」
暑い日のパジャマにしてるタンクトップ、だけど……。
「薄着すぎ。莉愛ってバカなんじゃないの」
顔をそむけて、ため息をついた爽斗くん。
バカって言うけど……。
だって、それは……。
「変な汗かいてたから」
「だから薄着で来たって……？　はぁ……」
二度目のため息は、本当に呆れ返っているように聞こえた。
そして爽斗くんは自分の着ていたパーカーを脱いで、おもむろにあたしに投げつけた。
「んむっ」

「今すぐそれ着て」
「え……でも」
「……どこに目やればいいかわかんねんだよ」
　そう言ってボスッとベッドに腰をおろして、そっぽを向く爽斗くん。
　どこに目をやればいいかって、あたし相手にそんなこと言う……？
　そんなのすごい違和感だよ……。
　あ、違う、そうじゃない。
　きっと、目がくさるとかって意味だ……！
　小さいころ散々言われたもんな……。
　大慌てでパーカーを着ると、やっぱりいい匂いがして、ドキドキしてしまう。
　爽斗くんはうつむいたままの姿勢で、どうやらスマホゲームをしているみたいだけど。
　なんてことない会話みたいに、さりげなく聞いてみようかな……。
「爽斗くん……今日、告白されたんだよね？」
「んー？　どうだろうね」
　濁(にご)された……。
「つ、付き合った？」
「さーねー……」
　だめだ……。
　たぶんスマホゲームに夢中で話を聞いてない。
　そう思ったとき、爽斗くんのスマホから着信音が流れてきた。
「あ。電話だ」
　そう言って爽斗くんはのんびりとあたしを見上げると、わずかに口角を上げる。
「蘭子ちゃんから」
　って聞いてもないのに【岸田蘭子】と書かれたスマホの画面を向けられてしまった。
　ドクン、と嫌なふうに心臓が跳ねる。
「そっ、か。出ないの？」
　急かすように着信音は鳴ったまま。
「電話するから、莉愛は声を出すなよ」
　命令口調は鋭く、なのに楽しそうな視線があたしを貫いて。
　「はい」と頷く前に、爽斗くんはスマホの向こうと喋りはじめた。
「もしもし。今？　別に何も。暇してたよ」
　暇……だったんだ。
　あたし、一応来てたのにそんなふうに思ってたんだ。
　落ち込んでいると、爽斗くんが手招きしてきた。
　早く来い、って口パクまでされて、あたしは戸惑いながらも爽斗くんの隣に腰をおろした。
　すると、爽斗くんは無表情であたしの髪を摘まみ上げてはさらりと落とすことを繰り返しはじめた。
　まさか、手元が暇で……暇つぶしにしてる……？
　……絶対そうだ。

　その間も、爽斗くんは電話を続けている。
　あたしはこの間だって、電話の向こうが気になって気になって仕方ないのに。
　……すっごく楽しそうに喋るんだね。
「へー。あはは、そうなんだ？」
　笑い声、あたしの前じゃこんなに簡単に見せてくれないのに。
「まぁ、蘭子ちゃんかわいいもんなぁ」
　……『かわいい』だって。
　誰かに向けたそんな言葉、どうしてあたしを見ながら言うの。
「話も楽しいし蘭子ちゃんと喋んの飽(あ)きないね」
　どうせあたしとの話はおもしろくなんかないもん……。
　そう卑屈(ひくつ)になってしまいそうなほど、爽斗くんがあたしに向けている目は無感情。
「そうそ、なんでそんなわかってくれんの。さすが蘭子ちゃん」
　それに『蘭子ちゃん』っていっぱい呼びすぎ……。
　あたしのことを、そんなに大事に呼んでくれたことあったっけ……。
　……ない。１回もない。
　他の女の子とあたしとじゃこんなに違うんだって、見せつけられてるみたいだ。
　……あたしのほうがずっと、長いことそばにいるのに、どうしてこんなにも手が届かないんだろう。

爽斗くんを好きでいるのは、好きな分だけとても苦しい。
胸が痛くなってきて、髪に触れる爽斗くんの指先を払い落とした。
「……」
いつの間にか噛んでいた唇、もう少し強い力を入れて、泣かないようにうつむいていたら、
「……ふ」
すぐ隣で爽斗くんは、くつくつと肩を揺らしはじめた。
それを見たら余計に悲しくなってくる。
……なんで。
なんで笑うの？
「蘭子ちゃん、ごめん。ちょっと今からコンビニ行くから。うん。それじゃ」
通話を終えたスマホが、ポイッと投げられて布団に沈(しず)んだ。
なんで急に電話切ったの？
こっちはすごくもやもやするのに、なんでそんな楽しそうなの？
眉間にシワを寄せた、すねきった顔で聞いてみる。
「……コンビニ行くの？」
「えー知らね」
両頬を包む手のひらが、爽斗くんの視線へと導く。
もやもやした気持ちでいっぱいのあたしの目の前には、いじわるに口角を上げる爽斗くんがいる。
「……すごい顔。莉愛なんで怒ってんの？」

バカにするような声で笑われた。

爽斗くんの察するとおりあたしは不機嫌で、怒ってるよ。

絶対に手に入らない爽斗くんを追いかけるなんて無謀(むぼう)な恋をしていて、やきもち焼いて、他の子なんか見てほしくないから。

だから……怒ってる。

そういうあたしって、爽斗くんにとって、そんなに楽しい？

……ひどいよ。

あたしの目線を上げさせて、視界いっぱい、爽斗くんはいじわるく微笑んで問いかける。

「……今の莉愛の気持ち、俺が当ててやろっか」

「当てるって……」

当てるも何も怒り、だけど。

爽斗くんの目が細まって、弧(こ)を描(えが)いて笑う口元はのんびりと声を出した。

「“他の子なんか見ないで”」

ずばり当てられて、動揺したあたしの瞳が揺れる。

「そ、そんなわけないよ……っ」

「じゃあなんで怒ってんの」

あたしの手を引いてベッドに並んで座らせると、にやりと笑う。

「妬いたんでしょ？」

彼はきっと確信してる。

たぶんあたし、そうとう丸見えな態度だったんだろうな。

どう言い逃(のが)れしたらいいの。

「……」

結局あたしは言い訳のひとつも思い浮かばず、こくりと頷くことになってしまって。

「……ふ」

小さく噴き出した爽斗くんが、肘であたしを小突く。

「痛」

すると、爽斗くんはあたしの顔を少し覗き込んで、

「いんじゃん。俺のこと独占してみる？」

ドキ、と心臓が鳴る。

「……え」

ひとりじめしていいの？

あたしが？

それって……どういう意味？

「爽斗くんをあたしのものにするってこと？」

「したいならねー」

軽く笑う爽斗くんの横顔を見ながら、戸惑いつつもうれしくなってくる。

だってそれって、きっと……幼なじみよりは、上の存在？

だよね？

幼なじみよりも、恋人側に近づけるっていう意味？

……爽斗くんの気持ちは……？

はっきり言ってほしい。

だからあたしも誠意をもって、勇気を出してはっきりと聞いたんだ。

「爽斗くんはあたしに独占されたいだなんて思うの……？」
　あたしなんかに、そんなこと思ってくれているの？
　ドキドキしながら、振り絞った声。
　舞い上がりそうなうれしさが混ざる、ド緊張の中で聞いたのに。
「……。はぁ？」
　間を空(あ)けて聞こえたのは不本意そうな声で、胸の奥がひやりとした。
　急に立ち上がった爽斗くんは、あたしに背を向ける。
「なんで俺が？　思うわけないよね。莉愛のくせに自惚(うぬぼ)れんな」
　……あ……違った。
　あたし、間違えたみたい。
「……だ、だよね。知ってた……」
　そう強がって言いながら口角を上げても、あたしの瞳は潤(うる)んでいく。
　振り返った爽斗くんはバツが悪そうに笑って「……なんで泣くんだよ」と、あたしの目元に手を伸ばす。
　険しい顔して、今、めんどくさいって思ってるよね。
「……めんどくさ」
　やっぱりこういう勘だけは、しっかりと当たるんだ。
「……めんどくさくてごめん」
　嫉妬心(しっとしん)が混ざってしまったのか、思った以上に沈んだ声が出た。
　あたしは蘭子さんみたいに弾んだ会話なんてできない

し、勇気出して、少し手を伸ばそうとしたら、めんどくさいって思われる。

　これが、あたしと爽斗くんなんだ。

「……もう帰る」

　踵(きびす)を返して、ベランダに出ると、

「……あ、莉愛」

　その声に振り返ってしまうのがあたしで、いつも無視するのが爽斗くん。

　……悔しいな、こんなに脈のない片想いなんて。

「待てよ莉愛」

　だからその声に、あたしは意識的に振り返らず。

「……嫌だ」

　そう吐き捨てて部屋に帰ってしまったんだ。

　翌日。

　カーテンを開けることもなく、朝が来た。

　頭が痛い……。

　体温を測ってみると37.7度。

　たぶん、爽斗くんとケンカしたショックで熱が出たんじゃないかな……。

　『待て』って言ってくれたのに『嫌だ』なんて言っちゃった……。

　もう、後悔ばっかり……。

　だって蘭子さんの存在を、見せつけられたような気がしたんだ。

……って、そんなこと爽斗くんがしてなんのメリットがあるっていうの。

……爽斗くんはただ純粋(じゅんすい)に、蘭子さんと楽しく電話してただけなのに。

あたしのバカ……妬きすぎだよ。

学校を休んで、ベッドの中。

スマホを何度見ても爽斗くんから連絡が来ることはないし、昨日は意味不明な態度とっちゃったから、本格的にもっともっと嫌われたかな……。

「うう……」

怒らなきゃよかったよ……。

布団を頭からかぶって何もかも忘れるために寝た。

――ピンポーン。

とインターホンの音で目を覚ましたのは夕方だった。

「大丈夫？　莉愛ちゃん」

訪問客は……優心くんで、びっくりした。

「うん、もうすっかり元気」

プリントを届けに来てくれた優心くんに部屋に寄ってもらって、懐かしい話なんかしている間も、頭の中はやっぱり爽斗くんのことばかりだ。

必然的に爽斗くんの話題が増えてしまって、

「え？　じゃあそのベランダからサヤが入ってくるってこと!?」

優心くん、なんでそんなに驚くんだろう。

「うん……」
「いや、うんじゃないでしょ。だって着替えとか見られたらどうすんの？」
「あぁ。それはね、カーテンを閉めてるときはお互い入らない約束になってるから大丈夫なの」
「へー、カーテンを。じゃあ閉めとこ」
　優心くんはカーテンを閉めきってしまった。
「これでサヤは来れない」
　優心くんはいたずらっぽく笑う。
「だってサヤのことでなんか悩んでるんでしょ？　俺でよかったら、話聞くよ」
　……優しくて、穏やかで。
　心にしみる……。
　いちばんもやもやするのは、やっぱり爽斗くんが告白されたこと。
　モテ期っていう単語は聞いたことがある。
　高校に入ってから、爽斗くんはモテ期なんだと思う。
　中学までそんな話、聞かなかったのにな。
「へーそうかぁ」
　優心くんの聞き上手なとこは、変わらないみたいで、ラブレターの出来事を蘭子ちゃんの名前はもちろん伏せて話してしまった。
「俺的に、中学のころサヤが１回も告られなかったことのほうが意外だなぁ」
「そうかな……？　もしかしたらあたしが知らなかっただ

けでされていたのかもしれないけど……」

「されてそーだよね。だってあいつイケメンだし頭いいしなんか器用じゃん。てか小学生のときでさえ、サヤのこと好きな女子、結構いたよね」

「え……!!　いたの？」

「あはは、知らないんだ」

　う……。

　だってあたしは、優心くんよりずっとコミュニティが狭かったから……。

「まー、サヤはそんな愛想もよくないしな……」

　小さめのひとり言が聞こえた。

「え？　愛想はあたし以外にはいいと思うよ……？」

「……気づいてないんだ。そういうとこだよねー」

「……どういうこと？　何が、そういうとこ？」

「んー……。俺にとって不利なことは黙っててもいい？」

「うん」

「じゃー内緒。ぜーんぶ内緒」

「え!?　全部？」

　目を見開くと、優心くんはくすくすと笑う。

「黙秘しまーす」

　いたずらっぽく笑って伸びをする優心くん。

　なんだか気が抜けて、つい笑ってしまった。

「……もう、優心くんは」

　爽斗くんと恋愛の話なんて、知るのが怖くてできなかった。

それに、爽斗くんが恋愛に興味があるとも思っていなかった。

……爽斗くんにもしも好きな子がいたら。

そう思ったら、心が鉛みたいに重たくなってくる。

「莉愛ちゃんは、正直サヤのこと気になるんだよね？」

「……え、う……ん。どうだろう……」

言葉を濁して、飲み物を飲み込む。

優心くんはそれ以上聞き出す様子はなく、

「まぁ、そっかー」

と、ぽつりと言ってから、ふっと笑ったんだ。

「莉愛ちゃんってサヤに依存してるとこあるから、好きって勘違いしてるのかなって思ったけど。それは恋じゃないってちゃんとわかってる？」

「……依存？」

「うん。莉愛ちゃんの世界は、まるでサヤがいないと回らないみたいに感じてるでしょ？　そういうの依存っていうの。莉愛ちゃんの世界はサヤだけじゃないよ」

優心くんは微笑みながら、のんびりとストローでコーラをかき混ぜた。

泡がくるくるとのぼって弾ける。

「莉愛ちゃん。依存と恋は違うよ」

優心くんの声が、いつもよりずっと強い口調。

「ずーっと、サヤの立場がいつも上で、莉愛ちゃんはなんでも従ってたでしょ」

「まぁ……うん」

　でもそれは自然なこと、というか。

　それがあたしたち、というか。

「莉愛ちゃん、恋ってそんなんじゃないよ？」

　優心くんは、優しい口調に戻して、だけど真剣な目で続ける。

　まるで、この恋を恋と思うあたしに、“目を覚ませ”って言いたいみたいに。

「莉愛ちゃんがサヤにとってどんな存在なのか、客観的に判断しなよ。ある日、目が覚めたらね、きっと従順な自分がバカらしくなるよ」

　思考が追いつかなくて、ただ呆然と優心くんを見るあたしに、彼が視線を上げて、にこっと笑った。

「なんてね。……まぁでも、ほんとに。心配してるっていうか」

　コーラに刺さるストローをひと混ぜした優心くんは、同情してくれたのかな。

「……泣きたくなったら我慢しないで俺んとこおいで、ってこと」

　優しい微笑をあたしに向けた。

　優心くんを玄関で見送ったすぐあとだった。

　ドアを閉めようとしたとき、ちょうどお隣の玄関のドアが開いて、外出する爽斗くんと鉢合(はち)わせしてしまった。

「お。サヤ、ばいばーい」

　優心くんは手を振りながらすぎ去って、エレベーターに入っていく。
　あたしも爽斗くんも閉まるエレベーターに目を向けて、それから互いを見た。
　茶色の瞳が向いた瞬間、緊張感を知らしめるようにドクンと心臓が音を立てる。
　ケンカのあとの気まずい空気が、あたしたちを纏(まと)っている。
　でも彼は、風邪(かぜ)ひいたときだけは優しくしてくれる人なんだ。
「莉愛、元気そうじゃん」
　額で体温を確認してくれて、その手が離れた。
「で、なんで優心がいんの？」
　ぼそっと呟いた声が暗いし怖い。
「お見舞いに来てくれたの」
「……ふーん、へぇー」
　うう、怖い……。
　早く、昨日のことを謝らないと……。
　すると、爽斗くんは当たり前みたいにうちの玄関に入り、バタンとドアを閉めた。
　玄関の暖色(だんしょく)の灯(あか)りの下で、不機嫌な顔があたしに向いている。
「カーテン閉めて、優心と何してたの？」
　腹立たしそうに、あたしを見おろす彼。
　優心くんの穏やかさと真逆のとんでもない威圧感(いあつかん)。
　……どうしよう。

これは絶対に昨日のこと、すっごく怒ってる……。

早く謝らないと。

でも、謝罪の一言が詰まってしまうほど、緊張と恐怖に支配されたあたしは。

「え……と」

青ざめながら一歩下がって、そっと爽斗くんを下から見れば、黒髪の下、怒気を帯びた切れ長の瞳があたしを捉えていて……。

「ねぇ……莉愛」

そう呼ばれて、突然距離が縮まって、思わず目を強く閉じた。

「っ!!」

正直小学生のころみたいに叩かれたり、髪を引っ張られたりするのかと思って身を構えたのに。

予想に反して、衝撃は小さかった。

――ボスッと肩に重みが加わっただけ。

……爽斗くんの頭があたしの肩に乗ってる。

「……え、え？」

肩に額をうずめた爽斗くんを見て混乱していたら、

「……優心を部屋に呼んだのって、昨日の俺への仕返し？」

寂しそうな声が聞こえてきた。

いつもの強気な声と全然違う。

びっくりして目を見開いて、

「仕返しって……？」

落ち込んで見える爽斗くんの黒髪におそるおそる手を伸

ばして、慰めるように艶のある柔らかな髪に指を通す。
　そっと一度撫でたとき、爽斗くんは小さく言葉を続けた。
「だから……。昨日俺が妬かせたから、やり返したのかって聞いてんの」
「や……妬かせた？」
「うん、だから、やり返したの？　何回言わせんの」
「……や、やり返すって、そんなことしないよ……！」
　ブンブンと首を横に振ると、爽斗くんは姿勢を直して顔を上げた。
　目が合って、心臓が跳ねる。
　爽斗くんは後ろ首をかきながらふてくされたような顔をよそに向けて、
　「……あっそ」と呟くと長いため息をついた。
「莉愛は女なんだから、簡単に俺以外の男部屋に入れないほうがいいんじゃないの」
　……軽蔑するような目に、ハッとさせられる。
　……あたし、はしたなかったのかな。
　常識なかった？
　そんなふうに爽斗くんに評価されてしまったことがショックで、目が潤んでいく。
「……ごめんなさい」
　何も言わずあたしの横をすり抜けて、爽斗くんはあたしの部屋に入っていく。
　慌ててその背中を追いかけた。
　自室に入ってすぐ、爽斗くんが開けてしまったカーテン。

　にじんだ視界の中、夕暮れの赤らんだ色が部屋を照らしている。

　爽斗くんが振り向いた。

　夕日で逆光になって彼の顔は見えない。

　――でも、

「……莉愛」

　あたしの名前を呼ぶ声が、いつもよりやけに寂しそうに聞こえる。

　夕暮れの雰囲気と混ざり合うその声色が、胸の奥を切なくさせた。

「……俺さ」

　ドキドキと鼓動が速くなっていく。

　……何、どうしたの？

　少し構えて、言葉の続きを待っていたら。

　こんなに緊張しながら待っていた言葉の続きは、全然ちっとも予期しない内容だった。

「俺、潔癖（けっぺき）なんだよね」

「……へ？」

　こんなの、誰でも呆気にとられちゃうよ。

　突然、何を言い出すの……？

「け、潔癖……っていうと、その、つり革が触れないとか、そういう感じ……？」

　爽斗くんが潔癖なんて、はじめて知った。

　でもずっとサッカー部だったし、グラウンドの土とかで汚れてたよね？

最近、潔癖になったのかな？

あ、この部屋、今日掃除してないけど大丈夫かな……!?

いろいろなことを考えていたら、

「つり革とかは平気。潔癖って自分のルールみたいなもんはあるんだよ。これは平気、これは無理っていう揺るがないラインがあんの」

「へぇ、そうなんだ」

知らなかった。

爽斗くんは、いろいろなことに詳しいんだ。

「俺の潔癖は、この部屋と莉愛だけ」

「……っ、つまり、この部屋とあたしが汚いってこと!?」

衝撃と困惑の涙声が爽斗くんに届いたとき、

「勝手に勘違いして泣いてんなよ」

ぽこっと頭を軽く叩かれた。

「この部屋と莉愛は俺の縄張りみたいなもんなのね」

「うん……」

「だからこの部屋に他の男を入れたら、もう俺はここ、来ないから」

そんな。

爽斗くんが来ないなんて絶対嫌……。

「じゃあもう誰も入れない……！」

「素直かよ」

「だって、爽斗くんともっと一緒にいたいから」

はっきりと返したら、爽斗くんの瞳が動揺したように揺れた。

「……莉愛っていつも俺にいじめられてんのに、なんで一緒にいたいとか言うの？」
「だって、あたしは爽斗くんがいないとだめだもん……」
「……」
　あれ、これってまるで。
　優心くんに言われたさっきの言葉どおりの。
「……依存？」
　ぽつりと呟いた声が聞こえたのか、爽斗くんはあたしを見て鼻で笑った。
「……へー。あっそ」
　爽斗くんの視線はあたしから外れて、テーブルの上に乗ったふたつのグラスへと移り、眉間にシワが寄る。
「部屋だけじゃなくて莉愛自身も」
　冷ややかで、あたしを突っぱねるような目つきなのに。
「……俺以外の男に気を許すなよ」
　ドクンと心臓が大きく跳ねる。
　優心くんは依存って言ったけど、これきっと、全然違うよ。
　爽斗くんは、あたしにとって、嫌われてもいじめられても、なぜかドキドキさせられて、追いかけたくなる相手なんだ。
　……これが恋じゃないわけないよ。
「とくに優心とか、莉愛にべたべたしてくるやつがいちばん、まじで無理だから。わかった？」
　茶色い瞳があたしを見てる。

……迷うわけなく、あたしはこくりと頷いた。

「うん。爽斗くんだけにする」

他は入れない。

「そういう素直なとこ……莉愛ってずるいよね」

ぐいっと腕を引っ張られて、頬が彼の胸板に当たる。

長身で細身のシルエットが想像させるままの、骨っぽい感触（かんしょく）。

「……なんなんだよ」

ふわりと爽斗くんの甘い香りに包まれたあたしは、両手で抱きしめられてしまった。

「爽……斗、くん」

動揺しすぎて、もぞっと動いた瞬間。

「動くな。おとなしくしがみついてろ」

冷ややかな口調での絶対的命令。

それなのに、ぎゅっと込められる力はこんなにも優しいんだ……。

ドキドキして、何も考えられなくなっていく。

すっぽりと腕の中に包まれて固まるあたしの鼓動は、おかしくなりそうなほど速い。

「……莉愛なんか、俺だけでいいじゃん」

耳元で聞こえた声が、余計に心拍数を上げる。

たしかにあたしの分際で、爽斗くん以外の友達と家で遊ぶなんておかしかった。

ちゃんとわかったから……。

ドキドキしすぎてもう酸素が回らない。

だから、

「……離して」

限界すぎてそう言った瞬間、跳ねのけるように離れられて、びっくりした。

「……ごめん」

そう言ったのは爽斗くんだ。

バツが悪そうに顔をそむけていて、きょとんとしてしまった。

なんで謝るの……？

正直、意外すぎる反応だ。

そんな顔が見たかったわけじゃないの。

……爽斗くんが謝らないで。

「ちがうの……。あたしがドキドキして倒れそうで、ごめんね……」

「……」

目をパチパチと瞬(しばた)いた爽斗くんは、ふ、っと気が抜けたように噴き出した。

「何それ。わけわかんない」

あ……笑ってくれた。

やっとだ。

もう、怒ってないのかな。

だとすれば、ずるいけど、今が謝りどき……。

「あの……爽斗くん、昨日はごめんね」

「なんで莉愛が謝んの？」

「え、だって。嫌な態度とっちゃったから、ごめんね」

「それは、俺が妬かせたからなんだろ」
「え……まぁ、うん」
妬いたって言われると、恥ずかしいけど。
あ、また爽斗くん、笑った。
呆れっぽく笑ってる。
「じゃあ俺のせいじゃん。悪かったし、しゃーなしなんか1個お願い聞いたげようか」
え……。
なんて言った？
お願いを1個聞いてくれるって……嘘でしょ……？
「ないならいいよ。あるなら5秒で言って。5・4・3・2・1」
「待って、ちょっと待って……！」
ただでさえとろいあたしが、5秒で何かお願いごとを言えるわけもなくて。
茶色の瞳があたしを捉える。
「……ゼロ」
嘘……間に合わなかった。
ショックでまた泣きそうになったあたしを見た爽斗くんが、小さく噴き出した。
「……0.9、0.8」
あ……！
カウントがよみがえった。
仕方なさそうな声色だけど、今度はさっきよりずっとゆっくりのカウントダウン。

　一生懸命考えてるんだけど。

「0.2ー、0.1ー」

「遊園地！」

「に、行きたいです……。爽斗くんと……」

　ぎりぎりなんとか閃いて滑り込んだのは、遊園地なんてお手軽じゃない場所……。

「……遊園地に？」

　爽斗くんの声は気乗りしなそうだ……。

　遊園地なんてあたしと行って楽しいわけないもん……当たり前だよね。

「あ……ううん、嘘。嘘です、お願いは……大丈夫」

　固く笑うあたしのすぐ横に座ると、爽斗くんはスマホをいじりはじめた。

　……もう聞いてない。

　またスマホでゲームしはじめるのかな。

　はぁ……もっと簡単なお願いにすればよかったな。

　本当は最初の５秒で“もう１回抱きしめてほしい”って言いたかったんだ。

　絶対……言えるわけなかったけどね。

　落ち込みながら、爽斗くんの隣に腰をおろしたら、スマホが傾けられた。

「場所、ここでいい？」

　表示されているのは、人気テーマパークのホームページ。

　ゲームじゃなくて、これを検索してくれてたの？

　……本当に、いいの？

　爽斗くんと遊園地に行けるの？

「行きたい……！　いいの？」

「んーまぁお詫びだし。俺日曜バイトないから莉愛の体調治ってからの、来週の日曜。空けといて」

「うん、うん……！」

「雨天延期ね」

「え」

　でもそりゃそっか……。

「絶対に晴れてほしい……」

　そう呟きながら天気予報アプリを開く。

　あ、今はまだ載ってないみたいだ……。

　そのころ梅雨に入るかな……？

「そんな必死な顔しちゃって、そんなに俺と遊園地デートしたい？」

　あたしの髪をすくう、爽斗くん。

　作りのきれいな顔がこちらに傾けられていて。

「で、デート……。うん。行きたい、です……」

　ドキドキしながら返したら、

「……あっそ」

　爽斗くんは、何か言いかけた言葉を明らかにのみ込んでしまった。

「……」

　なぜか一度睨まれて、ペチンとデコピンしてから立ち上がってベランダのほうへと歩きはじめた。

　一度もこっちを振り返ることない背中は、どこか不機嫌な見慣れた姿。
「……雨降んないようにせいぜい、てるてる坊主でも飾っとけば」
　子ども扱いするかのように鼻先でせせら笑った爽斗くんは、そのまま自分の部屋に戻ってしまった。

ふたりきりの時間

【莉愛side】

　爽斗くんとふたりきりでどこかに行くなんて、小学生ぶりだ。

　ついに、遊園地に行く前々日。

　金曜日の今日。

　たびたび緊張に襲われるあたしを見て、変に思った仁胡ちゃんに聞き出されるままデートのことを伝えたら、着ていく服やデートのやり方などなど、アドバイスをいっぱいくれた。

「とにかく爽斗くんを退屈(たいくつ)させないようにしないと……」

　タイトルに“会話術”とつく本を数冊かかえていると、仁胡ちゃんに苦笑いされてしまった。

「幼なじみなのに、そんな気を張る必要あるの？」

「うーん……」

　だって、あたしが相当頑張らないと、爽斗くんは楽しくないと思うから……。

「その気合いの入れ方、莉愛ちんって爽斗くんのこと好きなの？」

「……ううん、そういうのじゃ……」

「へー。じゃあ好きな人は、いる？」

「……うん」

「それが爽斗くん？」

「……！　また同じ質問」
「あはは、引っかからなかったかー。まあいいけど、そんな緊張しなくても大丈夫だって！」
「なになにー。なんの話？」
　授業がはじまる前に優心くんが席に戻ってきて、話に加わった。
「お、ユーシン。莉愛ちんが爽斗くんとデートすんだって」
「え……。まじ？」
「“デート”っていうか、ただふたりで遊園地に行くだけだよ」
「それデートじゃんかよー」
　ため息混じりの非難（ひなん）めいた優心くんの声。
　この前“依存”って言われちゃったし
　爽斗くんとのこと心配してくれてるんだろうな。
　……優心くんは、名前のとおり本当に優しいもんね。
「あー、それでそんな本、数日前から読んでたんだ？」
　あたしの手から楽しい会話術の本を１冊抜き取って、「こんなのいらないよ」と笑う。
「もし莉愛ちゃんとサヤの立ち位置が対等なら、の話だけどね」
　優心くんは本をペラペラとめくる手を止めて、パタンと閉じた。
「もし俺がデートするんだったら、莉愛ちゃんがそこにいるだけで楽しいって思うよ」
　優しい微笑みを向けられて、少しドキドキしてしまう。

「……うわぁーそんな殺し文句言う？　わたしいるのに言っちゃう？」

　げんなりした仁胡ちゃんが眉根にシワを寄せつつも笑って言うと、

「だって俺、莉愛ちゃんのこと大事だからねー」

　頬杖をついて優心くんも笑う。

「あ……ありがとう。あたしも優心くんのこと、大切だよ」

「ほんと？　うれしー」

「だから、ふたりしてバカップルみたいな会話やめてよ、恥ずかしいな！」

「いんだよねー、俺たちずっとこうだもん」

　ほんわかとした空気に包まれて、いつの間にか肩に入った緊張感が抜けていく。

　このくらいリラックスできたら、遊園地の日もうまくいくかな。

「ふたりが一緒だったら心強いなぁ……」

「そんなの俺たちサヤに邪魔者扱いされるんじゃないの？」

「そんなことないと思うけど」

　優心くんとあたしの会話を聞いていた仁胡ちゃんは少し考えて、

「ね、ユーシン。わたしにいい考えがあるんだけど……」

「……おーそれいいね」

　ふたりがこそこそと話してるのをきょとんとしながら見ているうちに、チャイムが鳴って、授業がはじまってしまった。

……ふたり、何を話してたんだろう？

そして、迎えた日曜日。
カーテンを開けると強い日差しが差し込んできた。
晴れだぁ……。
ということは、予定どおり。
今日は爽斗くんと遊園地デート……。
どうしよう、ドキドキする。
本当は、仁胡ちゃんにアドバイスされたようにメイクしたほうがよかったのかもしれないけど、『似合わない恰好してるやつの隣を歩くほうが恥ずかしいんだよ』
って、以前爽斗くんに言われてしまったから、メイクはしない。色つきリップだけ。
服も普段どおり。
Tシャツにハイウエストのデニムスカート。Tシャツの上にはパーカーを羽織って、学校に履(は)いていくのと同じスニーカーに黒いリュックで行く予定。
すっごく普通の恰好なんだけど、これが正解だったらいいな……。
全身を鏡に映して左右確認していたらベランダから物音がして、ドキッと心臓が跳ねる。
「莉愛、もー支度できた？」
爽斗くんがベランダから入ってきて、あたしを一瞥する。
「……」
あ、とくに反応なし……。だよね……。

「こんな恰好で大丈夫……？」
「なんか……」
　爽斗くんは言葉を止めたと思ったら、首をかしげながら眉間にシワ……。
　え!?　何？　派手かな……？
　いや、派手なわけないか。
　むしろ、景色にしっかり紛れる保護色みたいに地味だと思う。
「……地味すぎた？」
「地味にしたのって、俺が地味にしてろって言ったせい？」
「う……」
　見透かされている。
　こくりと頷くと、彼は口元を緩めて。
「ほんと莉愛って従順だね」
　ポンと頭を軽く叩いた。
「……今日、ちゃんと俺のそばにいときなよ」
「……うん、わかった。でもなんで……？」
「遊園地とか行ったら、莉愛って害虫集めそうじゃん」
「が、害虫……」
　虫を集めるって最低なことを言いながら、髪すくわないでほしい。
　落ち込むよりドキドキが勝っちゃうから。
「じゃあ……念のために虫除けスプレー持っていくね」
「莉愛ってバカなの？」
「え？　だって害虫」

爽斗くんが、気に入らなそうにこっちを見てる……。

これ以上怒らせたらまずいから、言葉を止めた。

蚊(か)に効(き)くと謳(うた)われている、ボディ用スプレーのラベルを確認する。

このスプレーじゃ効かない種類の虫ってことかな……。

気を取り直して爽斗くんを見ると、シンプルないつもの私服。

スタイルがいいから、何を着ても似合うし、見ているだけでときめいてしまう。

気づけば爽斗くんの視線は、カーテンレールのところを向いていて、

「何あれ。莉愛、ほんとにてるてる坊主飾ったの？」

吊(つ)るされた１体のてるてる坊主を見て、爽斗くんが呆れっぽく噴き出した。

「……ほんとガキだよな」

そんなにバカにしなくてもいいのに。

だって爽斗くんが言ったから飾ったんだよ？

もしかして、からかっただけだったのかな……。

少ししょぼくれながら、

「でも……ちゃんと晴れたよ……？」

そう彼を見上げて窓の外を指さすと。

眉間にシワを寄せる少しセクシーな目があたしに向く。

「何その上目づかい？」

むにっと頬がつねられてしまって。

「痛い……」

「痛くしてないけど」

うん……。ほんとは、近くてドキドキしたからそう言っただけ……。

「莉愛が上目づかいなんて似合わないから、間違っても外ですんなよ。一生うつむいてろ」

不愉快そうな顔と命令に、あたしは呼吸より自然に頷いてしまう。

「……うん。ごめん、変な顔見せちゃって……」

「変といえば」

すると、彼の親指がそっと唇に触れてドキッとした。

「……唇。これなんか塗ってんの？」

軽く小首をかしげる爽斗くん。

「……あのこれ、リップを塗ったんだけど、や、やっぱり……似合わないかな？　ピエロみたい？」

「ピエロみたいって莉愛が？　ピエロに謝れよ」

……！

ショックを受けていたら、「何しけた顔してんの」と肘で小突かれて、「こっち向いて」と言われるがままに爽斗くんを見上げた。

茶色の澄んだ瞳と視線が絡んだ瞬間、一気に体温が上がった気がする。

「俺、このピンクはそんなに嫌いじゃない」

「……え？」

空耳（そらみみ）くらい小さな声が、たしかに聞こえた。

ドキドキと鼓動が速くなる。

本当……？

「……この色、買ってよかったぁー……」

心の底からうれしい……。

ホッと息を吐いて、自然と目が細まっていく。

つい、はにかんでしまうと。

「何ひとりで盛り上がってんの」

鼻で笑う、冷めた声が聞こえて現実に引き戻された。

「だって」

「喜ぶハードル低すぎて哀れだねー」

「……う。でも、うれしかったんだもん……」

どんなにちっぽけなことでも、好きな人に『嫌いじゃない』って言ってもらえたらうれしいんだよ。

あたしは、そうなの。

爽斗くんが特別だから。

「……この気持ち、きっと爽斗くんにはわからないと思うけど……」

「うん全然わかんない」

あまりの片想いにいじけていたら。

「あまりに哀れだから、喜んでいいレベルの言葉を教えてやろっか？」

「え？」

「例えば、例１」

きょとんとしたら問答無用に頭をガシッと掴まれて、爽斗くんのほうに引き寄せられた視界が揺らぐ。

遅れて、耳元に落ちてきた低い声。

「俺のために自分の恰好を考えたとか……めちゃくちゃかわいいと思う」

鼓膜が受け取った声に、心臓がバクバクと鳴っている。

「え……？　え」

爽斗くんを見上げて、思わず目を瞬いてしまった。

──なんて、嘘に決まってんだろ。

──何、赤くなってんの？

そんな言葉が出てくるのを予想しているのに、いまだ、彼は何も言わず、視線さえあたしから離れない。

どんどん顔が熱くなっていく。

「「……」」

長く感じた沈黙のあと、爽斗くんはふいっと背を向けて歩きはじめてしまった。

「……行かないなら置いてく」

な……なんで、訂正は？

訂正しないの……!?

すたすたと背中は遠ざかって、ついに部屋から出ていく。

……何、今の。

ドキドキと心臓を鳴らしながら、扉が閉まったのを見て、やっと我に返った。

「待って」

慌ててリュックを背負って爽斗くんを追いかける。

靴を履くのにもたついていたら、爽斗くんは先に外へ出てしまい、──バタン。

目の前で玄関のドアが閉まった。

「待ってよー……！」
急がないと、爽斗くんの乗るエレベーターに間に合わない。
慌てて靴を履いて、勢いよくドアを開けて大きく一歩。
「きゃっ！」
焦りすぎて、躓(つまず)いてしまった。
——ドシャ！
と音を立てて派手に転んだあたしの目の前には、見慣れたスニーカー。
足をたどるように視線を上げていくと、爽斗くんはマンションの共有通路の壁に背をつきながら、あたしを見おろしてぷっと噴き出した。
「別に俺、待ってるじゃん。何をそんな慌ててんの？」
バカにするようにそう言ってしゃがんだ爽斗くんは、すっと手を差し伸べる。
昔から変わらない。
あたしが転ぶと「何やってんだよ」って、手を伸ばしてくれるところ。
……好き。
「……いつまでコケてんの」
手の掴み方を１秒迷って、そっと触れた指先。
ぎゅっと力が加わって、簡単に引っ張り上げられた。
「痛いとこない？」
「あ……うん！」
「あそ」

　彼の目は呆れっぽく細まる。
「莉愛、ほんと鈍くさいね」
　そう言われると思った……。
　助け起こされたまま、手は今もしっかりと繋がれている。
　ドクドクと心臓が速まって、息が上がりそう……。
　駅に向かう途中もずっと、手は繋がれたまま。
　爽斗くんがこんなに、ずっと手を繋ぐなんてありえない。
　きっと手を離すの忘れてるんだろうな。
　このまま、ずっと気づかなかったらいいな……。
「つーか莉愛、荷物多くない？」
「そうかな？」
　ふたり分のお弁当と水筒が入ってるから、ちょっとかさばってはいるけど……。
「莉愛、あれに似てる。二宮金次郎だっけ？」
　二宮金次郎というと、そんな像が小学校跡地の公園にある。
　木みたいなもの背負って働きながら、同時に本も読んで勉強してるというあの勤勉なえらい人だよね。
　あの人はえらいけど、今あたしは褒められてない。
「でも、あたし本なんか広げてないし、そんなに似てないと思う……」
「似てる。そっくり」
　一応このリュックはお気に入りだし、デザインもいいなって思ってたのに、ひどい……。
「なー、金次郎」

あだ名までつけられた……。

……ひどすぎる。

「……はい」

「俺のと交換しよっか」

「え？」

そう言いながら爽斗くんは、斜めにかけていたバッグをあたしに差し出した。

「早くそれ貸しなよ」

「あ、うん」

あたしからリュックを受け取ると、肩紐を伸ばしてから背負った。

彼の姿は全然金次郎さんじゃない。

あたしより似合うかも……。

やっぱり爽斗くんは何を身につけても着こなしちゃうんだ。

リュックの代わりに、お財布とスマホくらいしか入っていなそうな爽斗くんのバッグを引っかけたら、一気に体が軽くなった。

一方、爽斗くんは背負ったリュックに対していぶかしげに眉根を寄せていて。

「莉愛、これ何が入ってんの？」

「……重いよね？　やっぱりあたしが金次郎さんでいいから……！」

「ぴーぴーうるさい」

リュックに手を伸ばしてもかわされてしまった。

なんだか、変に頑(かたく)な……。

「もしかして……」

荷物が重そうだから、代わってくれたの……？

爽斗くんはいじわるだけど、ときにそれはあたしのため。

……きっとそうだ。

重いから変わってくれたんだ。

でもここでありがとうなんて言ったら、きっと怒られるから言わない。

「重いの持ってきちゃってごめんね」

「たいして重くないし、あんま男なめんな」

相変わらず毒(どく)を吐く爽斗くんだけど、本当にあたしとは全然違う。

頼もしい男子なんだ。

「いちいち謝んなよ。ウザいから」

「う、はい」

また沈みかけるあたしのことを、彼はポコッと小突く。

「莉愛はそのまんま、ボケーッと俺の隣にいとけばいいんだよ」

絶対服従の微笑が向く。

胸の奥がきゅんってしたこと、隠すの必死だった。

……って！

いつの間にか繋いでたはずの手が離れてる……。

ショックで片手を見つめていたら。

「……手がどーかした？」

その声にハッとして、後ろに手を隠したけど。

いじわるく片側の口角を上げる爽斗くん。
「言ってみなよ？」
この表情はもしかして。
あたしの心を見透かしている……かも。
いや、絶対に見透かされてる。
あたしたちはだてに幼なじみじゃない。
こうなれば正直に言うしか、あたしに選択肢(せんたくし)はないんだ。
「手、もう１回繋いでもいい……？」
勇気を出して弱々しい声ながら伝えると、爽斗くんは「絶対嫌ー」と鼻で笑った。
わざと言わせてからの拒否(きょひ)なんて。
恥ずかしいし悲しいし、相乗的になって消えたい心地。
ほんとにいじわるだ……。
眉を下げて、完全に凹(へこ)んだあたしの顔を爽斗くんはもう一度笑う。
「……ふ。泣き虫。だから俺にいじめられんだよ」
すると、片手が攫(さら)われた。
気づけば温かい手のひらに包まれていて。
「……あ」
手、繋いでくれた……。
「手繋いだだけでよくそんな赤くなれんね？」
なんてバカにして笑う爽斗くんは、繋いだ手を持ち上げて念を押すように言った。
「……この手、俺以外で汚すなよ」
そんなの、まるで独占されているみたいでドキドキしちゃうけど、これは潔癖のせいなんだって、ちゃんとわかってるし、勘違いなんかしない……っ。
「聞いてんの？」
「あ、はい。うん。ちゃんとわかってる。爽斗くんだけしかしない……！」
　気合いを入れてそう宣言したら、茶色の瞳が、きれいなアーモンドアイが満足そうに細まって、緩んだ薄ピンクの唇が動く。
「……俺、莉愛のそういう素直なとこ好き」
　さらりと聞こえた声に、思わず目を見開いた。
　……す、き……!?
　いや違う。
　そういう意味じゃない。
　なのに、あたしの顔はどんどん熱くなっていく。
　こんなの絶対バカにされちゃう……。
　おさまって、あたしのほっぺ……！
　あたしは幼なじみだからわかる。
　今きっと、爽斗くんは噴き出しそうになるのを堪えてる。
　そして笑うんだと思う。
　おそるおそる爽斗くんの顔を下から覗くと、爽斗くんの頬も少し赤くてびっくりした。
「……なんか言えば、バカ」
　そう小突かれたから、
「えと、爽斗くんの頬、なんで赤いの？」
　思ったことを口にしてしまった。

「はぁ？　ほんとウザいんだけど……」

ふいっとそっぽ向く横顔は、いまだ赤らんでいて、恥ずかしそうで……。

「爽斗くん……？」

「……こっち見んな」

こんな爽斗くんを見たら、鼓動がどんどん速まってしまう。

電車を乗り継ぎ、たどりついた遊園地。

「ねー、こんなんでビビりすぎじゃない？」

「だ、だって、すごいスピードで落ちたんだよ……？」

比較的すいていたジェットコースターを降りたあと、あたしの足は震えっぱなしだ。

「てか、莉愛って遠足とかでここに来ても、絶叫(ぜっきょう)系はあんま乗ってなかったよね」

「あ、うん……」

「じゃあなんで遊園地に来たがんの」

呆れ笑いされて、たしかに、って思った。

だって５秒……正確には30秒くらいで思いついたのが遊園地だったんだもん……。

じつはあたし、絶叫系は苦手。

だから遠足では基本的に荷物持ちをしながら、ジェットコースター見学をしていた。

……あれ？

遠足でここに来たときって、爽斗くんとはクラスも違ったし、会わなかったような気がするんだけど。
「なんであたしが絶叫系に乗らなかったこと知ってるの？」
「それは……幼なじみだからじゃない？」
「あ、そっか」
「なに納得してんの」
　「簡単だね」って呆れ笑いがあたしに向いている。
「……！　じゃあ、あたしが苦手なこと知っててジェットコースターに誘ったの……？」
「苦手なもんは、やっぱ克服(こくふく)させてあげたいじゃん」
「そんな楽しそうに言うなんてひどい……」
　あたし、心臓止まるかと思ったのに……。
　いじわる……。
「だってさ、──」
　ふわっと風が吹き渡って爽斗くんの黒髪が揺れる。
　遠くを見て目を細める彼は、
「──……俺が隣にいれば、莉愛も乗れそうじゃん？」
　口角を上げて、あたしを見る彼にきゅんっ、とした。
　たしかにジェットコースターは怖かったけど、爽斗くんにしがみついてたら、安心できたかも。
「……うん」
　はにかんでしまったあたしに目を向けて、爽斗くんはふっと笑う。
　ときめいたあたしは、思わずうつむいてしまった。
　進み出した爽斗くんのスニーカーを見ながら、少し後ろをついていって、しばらくしたころ。

「ちっ」

と不愉快そうな舌打ち(したう)が聞こえて、ピタッと止まった靴がこっちを向く。

え……あたし、何かしたかな……!?

「歩くの遅いんだけど」

「え、あ、ごめん」

突然の不機嫌な声。

さっきまでの夢のような心地から、引きずり戻される。

またあたし、無意識に怒らせちゃった……。

「せっかく一緒に来てあげてんのに、なんで俺の後ろばっかり歩いてんの？」

眉間にシワを寄せた爽斗くんは、あたしの手首を引っ掴んで自分のもとに引き寄せた。

「俺、言ったよな？　隣歩いとけって」

「言われました……」

「さっきから、ウザいくらい通りすがりの“害虫”が視界に入ってくんだよね」

「え……やだ」

「莉愛は虫嫌いだもんな」

視線を向けられて、嫌な予感がした。

「ま……まさか虫もジェットコースターみたいに克服しないといけない……？」

「なわけないから。虫くらい、ひとり残らず全部俺がつぶしてやるよ」

ひとり？　１匹の間違いじゃ……。

「だからぁ」

　苛立(いらだ)った声であたしを隣に引き寄せて。

「莉愛は一生、虫に怯えて暮らせばいい」

「やだなぁ、その生活……」

「俺が殺すじゃん」

　あたしを見おろす視線と目が合う。

　きれいな茶色の瞳。

　そんなに見つめられたら、ドキドキしすぎて、視界がぐらっと揺れる。

「……何、俺にまで怯えてんの」

　だから、あたしは怯えてなんかいないのに。

　すっごくドキドキしただけ……。

　呆れっぽくこつんと頭を叩かれて、おりた手が指さす先に、目を向ける。

「次は、あれ行こ」

　爽斗くんは、にやりと笑っていて……。

　目の前にドーンと掲(かか)げられる和製お化け屋敷(やしき)の文字。

　ホラーたるもの、和製は容赦(ようしゃ)ないこと、あたしは知っている。

「こ……これ、は……」

「もしかして入りたくない？」

「うん」

「だと思った。莉愛ってこのお化け屋敷１回も入ったことないもんな」

「うん。だってここ日本一怖いって有名だもん。それにこのお化け屋敷は別料金取られるし……」

　こんなところ絶対に入りたくない。

　絶対入ったっていいことないもん……。

　すると、「もう泣きそうじゃん。そんな震えるくらいならかわいそうだしやめよっか」と、優しい笑顔が向けられた。

「え……え……？　ほんとに？　いいの？」

「俺だって嫌がってる人を無理やり入れたりしないよ」

　ぱぁっと、あたしにも笑顔が移る。

「何より、莉愛のためだしね？」

　や……優しい。

　なんで今日はこんなに優しいの……？

　お化け屋敷なんておどろおどろしい場所を背景に、爽斗くんのまわりだけがきらきらと輝いて見えてくる。

　もう……感謝の涙が出そうだよ……。

　感動を噛みしめて喜んでいたら。

「高校生２枚ください」

　そう聞こえた。

　ハッとして顔を上げると、お化け屋敷の入場券販売スタッフから受け取った２枚のチケットを、片手でチラつかせてにやりと笑う、とってもいい顔をした爽斗くんがいた。

　小首をかしげ、さらりと動く彼の黒髪。

「なんて、嘘。苦手は徹底的につぶさないとね」

「いっ、嫌ぁぁぁ!!」

「声うるせー」

……彼は悪魔だった。

「まじでさ、そんな泣く？」
困ったように後ろ頭をかいている爽斗くん。
結局あたしはお化け屋敷で腰を抜かして忍(しの)び寄る幽霊(ゆうれい)に悲鳴を上げながら大泣きして、爽斗くんに担(かつ)がれながらゴールした。
ベンチに座って、いまだ放心状態でほろほろと泣いているあたしの目線までかがんで、
「……悪かったって」
決まり悪そうな顔をして、あたしの顔をハンカチでごしごしと拭く。
「すいませんでしたー」
そんな簡単に言わないでって思ってるのに、『いいよ』って口が言いそうになってハッとした。
優心くんが言った言葉。
『ずーっと、サヤの立場が上で、莉愛ちゃんはなんでも従ってたでしょ』
たしかに……そうなの。
でも、こんないじわるはもう二度とされたくないから。
本気の本気で嫌だから……！
だから、
「許、さないもん……」
謝る爽斗くんに、はじめて逆らった。
「え」

「絶対に、許さないもん……」

弱々しいけどたしかに反逆してみたら、

「……」

黙り込まれてしまって、あたしに緊張と後悔の波が押し寄せてくる。

「……」

すごく長いため息をついて、ベンチに座るあたしの前にしゃがみ込んだ彼。

やばい……かも。

絶対怒らせたよね。

額に汗がにじんでくる。

これって『めんどくせー』って言われる流れだ……。

嘘、嘘、嘘です……!!

焦って『ごめん』の「ご」だけ言ったのと同時に、

「莉愛」

あたしの両手が爽斗くんの温かい手に包まれて、茶色の瞳があたしを見上げる。

「ごめん。もうしないから……許して」

申し訳なさそうな声。

こんな爽斗くん見たことなかった。

だから、言葉を失っていたら。

あたしを見上げる切なそうな目。

何その子犬みたいな目……？

「……俺のこと嫌いんなった？」

胸にぎゅんと何かが突き刺さった気がする。

　しおらしい爽斗くんの瞳がいまだあたしに向いていて、ドクドクと心臓が速まっていく。
　こんな爽斗くん、知らないんだもん……。
「あの、もういいよ……！　ていうよりも、本当は“いいよ”って言おうと思ったけど、ちょっといじわるしちゃったの……」
「は……？」
「あたし、爽斗くんのこと、絶対嫌いになったりしないよ」
「……。へぇ、あっそ」
　すると爽斗くんは、こころなしか頬を赤らめたかと思えば、ふいっと顔をそむけて立ち上がった。
「……何かわいいこと言ってんの？」
　ちょうどそのときすぐそばを駆け抜けていった小学生の笑い声で、爽斗くんの言葉が聞き取れなかった。
「何か言った？」
「なんでもない。喉乾いたし、そこで飲みもん買ってくる」
「うん」
　頷いて、しばらくぼうっとしてた。
　さっきの爽斗くん、ほっぺ赤かったよね……？　いや、そんなわけないか……。
　って！
　飲み物、爽斗くんのリュックの中にあるんだった……！
　そう思って追いかけようとしたら、
「すみませーん」
　男の人の明るい声に引き止められた。

「は、はい？」
「おねーさんひとりできてんの？」
「い、いえ……友達と」
「じゃあさ、友達入れて俺たちと一緒に回んない？」
　大学生くらいの茶髪のふたりに道を塞(ふさ)がれて、爽斗くんの後ろ姿が見えない。
「あの……あたし、友達がいるから」
　こ、怖い……。
「うん。だからその子も一緒にさー。てか、きみすっごいかわいいよね」
「お人形さんみたいじゃん」
　何、これ。
　これって、誘拐(ゆうかい)だよね……？
　どうしよう。
　こういうときは大声……出ないよ……。
　唾を飲み込んで見上げる、背の高いふたり。
　……どうしよう、怖い。
　体が小さく震えはじめる。
「きみ、高校生だよね？　俺ら大学生なんだけど、ご飯だけでもいいし行こうよ？　もちろんおごるよ」
　ずいずいと距離を狭(せば)められているのに、怖くて、動けない……。
　ひとりの手がこっちに伸びてきたとき、「莉愛！」と声が聞こえた。
　その瞬間、さっきまでの金縛りが魔法みたいにとけて、あたしは弾かれるように走り出した。
「爽斗くん……！」
　夢中で爽斗くんの背中にしがみついたとき、あたしの両手がガタガタと震えているのに気づいた。
「大丈夫だから」
　爽斗くんが、あたしの片手をぎゅっと握って。
　盾になるように立っている爽斗くんは、大学生たちに噛みつくように言った。
「……あんたら俺のもんに何してくれてんの？」
　どす黒い声が体越しに伝わる。
　『俺のもん』って……。
　ドキッとして、その言葉と張りついた爽斗くんの体で、安心感に包まれていく。
「連れって男かよー」
「そういうのは早く言えよなぁ」
　茶髪のふたりが去っていく背中に「おい待てよ」とケンカを吹っかけそうな爽斗くんを、慌てて後ろから抱きしめて制止した。
「もういいよ……！　助けてくれてありがとう……」
「……いや俺のせい。離れてごめん、悪い」
　悔しそうな声でそう言いながら、密着しているあたしの手をぎゅっと掴んでくれた。
　恥ずかしいけど……すごくドキドキして居心地がよくて幸せで……。
　だけど、そんなサービスタイムも５秒で終わってしまった。

「てか離して。邪魔。歩けない」

　振り払われて、体が離れてすぐ、頬にひやりとした何かが張りついた。

「つめたっ」

「莉愛の分。それ好きでしょ」

「あ、飲み物……。ありがとう……」

　しかもこれ、大好物の飲み物だ……。

　お茶の入った水筒が、リュックにあることは言わないでおこう。

　今はあたしの大好きなジュースを……。

「って……あれ？　あたし、これ好きなこと言ったっけ？」

「好みくらい見てればわかる」

「すごい……」

　爽斗くんって、人のことをよく見ているんだなぁ……。

「すごいって、莉愛は俺の好きな飲みもんくらいわかんないの？」

「えっと、コーラ？」

「はい、ハズレー」

　そんな……。いつも飲んでるのに！

　ていうか、爽斗くんのことだから、きっと何を答えてもハズレって言われそうだけど……。

「じゃあ何が好きなの？」

「さーね。俺のこと見てればわかるんじゃない？」

　挑発的な笑みを向けられて、ドキッとする。

見てろ、って意味だよね？

「うん、これからはちゃんと観察するね」

「……ふ。バカ」

でもあたしも、爽斗くんの好きなものは、結構知ってるつもり。

だから今日のお弁当は、爽斗くんの好きなものをたくさん入れたんだ。

「なんか腹減った。そのへんの店で昼食にしよ」

「あ……お店？」

そっか！

遠足じゃないんだから、お店で食べるんだ……！

遠足のイメージが強すぎて、お弁当なんて作って……あたしってどうしようもない……。

「どーした？」

「ううん、えっと……どこのお店にする？」

「莉愛は何食べたい？」

「爽斗くんの好きなもの……」

「主体性ないね」

「あ……」

ごめん、と思いながら隣を歩く。

「どこもすげー混んでんな。だるいけど並ぼうか」

「うん……」

「歩くのめんどくさいし、ここでいい？」

「……うん」

並ばなくても、お弁当なら……食べられるけど。

「何？　なんか言いたいことありそうな顔してない？」
　顔を覗き込む爽斗くん。
　どうしてあたしのこと、よくわかるんだろう。
「……あのね、じつは……お弁当があるの」
「弁当……このへんで売ってんの？」
「違うの。お弁当持ってきちゃったの。ふたり分……」
「え？」
「遊園地にお弁当なんて変だよね！　へ、変なんだけど、間違えて……」
　あわあわと言い訳を並べるあたしの顔は、羞恥に熱くなっていく。
「あ……え？　遊園地に弁当って別に変じゃないでしょ」
　そう言ってもらえ少しホッとする。
「何？　莉愛が作ってきたの？」
　でも爽斗くんはこんなに混乱してるんだから、やっぱり変だったのかなぁ……。
「うん……」
「まじで……」
「でもごめん、本当に、間違えて。お店で食べよう!?」
「なんでそうなるんだよ。弁当食べるに決まってるだろ。世界の食品ロスは年間13億トンだぞ。莉愛の分際で加担すんな」
「は、はい」
　流れるように叱られてしまった。
　それと、足が速い。

　隣を歩けっていうペースじゃない。
　あたしはいつものように慌てて、その背中を追いかける。
「このリュック、弁当の重さだったんだ」
　ベンチに座って、お弁当を広げる。
「あ……寄っちゃってる……！」
　詰めるの結構頑張ったのに、ぐちゃぐちゃ……。
「「……」」
　悲惨（ひさん）なお弁当の中身を見てあたしたち、沈黙しちゃっていて……。
　……こんなの、絶対にお店で食べたほうがおいしかったよね。
「ごめん、俺、弁当入ってるなんて思わなくて」
「ううん、言ってなかったし……それにこれはあたしが玄関で転んだときのせいだと思う……。ごめんね……」
　マヨネーズが変なところに流れているし、爽斗くんの好きなから揚げも、なんだかしんなりしている……そりゃそっか……。
「食べていい？」
「……うん」
　いただきますの声を聞きながら、消えたいくらい申し訳なくて恥ずかしくなっていく。
　爽斗くんはずっと無言だ。
　傷むと悪いからって保冷剤（ほれいざい）もしっかり入れてしまったし、冷えきった中身のぐちゃぐちゃなお弁当なんて、おいしくないよね……。

「……」

　さっきまであったはずの会話も、まったくなくなった。

　こんなの食べさせてごめんね。

　その言葉が出そうになるけど、言いながら泣いてしまいそうで、結局何も言えなくなった。

　爽斗くんは黙って箸(はし)を動かしてる。

　冷たいお弁当で体が冷えていく。

「あの……あったかいスープもあるんだけど……」

「ちょうだい」

　こんなに即答されてしまった。

　きっと体が冷えちゃったんだ。

　保温効果のある水筒に入ったコンソメスープを出して、コップに注いで手渡した。

「さんきゅ。……あ、これって」

「え？」

「なんでもない」

　コップに口をつけた途端(とたん)、「あちっ」と爽斗くんの肩が跳ねた。

「ご、ごめん……！　熱すぎた？　大丈夫……!?」

「……へーきだから」

　ふー、と冷ます爽斗くんを見ていたら、すごく泣きたくなった。

　……なんであたしは、何をやってもこんなにだめなんだろう。

　こんなお弁当を食べさせて、それどころかやけどまでさせて……。

作ってこなければよかった……。

ぷくっと目元に浮かんだ涙が膨(ふく)らんでいく。

「ごめん、ちょっとお手洗い……」

すぐそこの女子トイレに走り、個室に入った瞬間、ハンカチで涙をぬぐった。

ごめんって気持ちでいっぱい……。

すると、コンコンコンと個室のドアを叩かれた。

「……莉愛ちん！」

その声に目を見開く。

……仁胡ちゃんの声……？

いやでも、いるわけないし。

ドアを開けるとやっぱり仁胡ちゃんがいて、目を疑った。

「……どうして仁胡ちゃんが……？」

驚いて見開いた目から、ぽろりと涙が伝い落ちる。

「やーっと見つけた～。ってなんで泣いてる!?」

「……それが、あたし」

「うんうん。聞くからとりあえずトイレから出ようか」

トイレを出たところで、失敗のお弁当の話をした。

「大失敗だったの……」

思わず仁胡ちゃんにぎゅっと抱きつくと、

「そっかー。それは悲しかったね……」

「よしよし」と背中を優しく叩いてくれる。

「にしても無言なんてひどいなぁ。爽斗くんも“おいしー”

とか言ったらいいのに」

「爽斗くんはそういうの正直だから……」

「もー。でもそんな彼が好きなんだ？」

「……ちが」

「まだ言うか」

　こんな会話の最中も、あたしたちは抱きしめ合っていたんだけど。

　「遅いと思ったら何してんの」と引きはがされて、その人を見上げた。

「……爽斗くん」

「なん……莉愛、泣いてんの？」

「あ……」

　ごしごしと涙を拭いていたら、

「その涙は、俺のせい？」

「……え」

「だったら──」

　ぐいっと腕を引かれた。

　硬い胸板に体が引き寄せられて、

「……──だったら、抱きつくのそっちじゃないよね」

　ふわりと爽斗くんの甘い匂いに包まれた。

「さ、さやとく」

「言えば。俺が何したの？」

　頭の中がぐちゃぐちゃになりそうなほど混乱している最中、目が合った仁胡ちゃんはガッツポーズをして離れていってしまって。

　え……待って、仁胡ちゃん……っ。
「なぁ、何。俺、なんかした？」
「……違うの。あたし、申し訳なくて」
「何が」
「あんなお弁当食べさせちゃってごめんね」
「はぁ？」
　がばっと体が離れて、絡む視線。
「どういうこと？　なんで謝んの」
「だって」
「莉愛ちゃーん、大丈夫ー？」
　遠くから聞こえた声。そっちを見れば優心くんが大きく手を振っている。
「……ちっ」
　会話が途切れて、今、爽斗くんの舌打ちが聞こえた気がする……。
「ふたりの弁当の見張りは今、仁胡ちゃんがしてるから平気だよ～」
「え……と、じゃあ仁胡ちゃんと優心くん一緒に来たの？」
「そうそう。ふたりのデートが心配で？」
　彼は爽斗くんを見て、にんと笑ってから、
「案の定、莉愛ちゃん泣かせてんじゃん、サヤ」
「うっざ……」
「はは。てかさー、お弁当つまみ食いしちゃった。莉愛ちゃん料理上手だね。すげーおいしかった」
「え……そんなわけないよ、だって冷えてるし」

「弁当ってそういうもんでしょ？　うまかったよ」

優しく笑う優心くんに、救われていくみたいだ。

「……ありがとう」

おいしいなんて、お世辞に決まってるのに。

うれしくて、うれしくて。

口元に笑みがこぼれてしまった。

「莉愛ちゃん、今度俺にも作ってよ？」

この甘えっぽい声には逆らえない。

「うん」

いつの間にか笑顔で頷かされている。

「やったー」

優心くんと会話をしていたら、爽斗くんが強くため息をついた。

「……じゃあ残り全部優心と食べれば？」

苛立った声に気づいて、ハッとしたときにはもう遅かった。

「莉愛すごい楽しそうじゃん。さっきまであんなに黙り込んでたくせに」

「……それは」

「なんで優心と喋ったら一瞬で機嫌よくなんの？」

そんなの……。爽斗くんに食べさせてしまったものが、おいしかったって言ってもらえたんだから、安心するでしょう……？

「……なんか言い訳してみれば？」

「でも。だって、爽斗くんもずっと黙ってたよね……？」

「……まぁ黙ってたね」
「おいしくなかったんでしょ？」
「そんなわけないだろ」
　語尾に重なった爽斗くんの声。
　遅れて爽斗くんの視線が優心くんに向いた。
　たぶん、優心くんに聞かれたくなかったんだと思う。
　だから、あたしの腕を強く自分のほうへと引いたんだ。
　そして、およそあたしにしか聞こえない小さな声を耳元に落とす。
「ちゃんとおいしかった。弁当がうれしくて、喋るの忘れただけ」
　ドクンと心臓が大きく鳴った。
　うれしくて喋るの忘れたって……。
　何……それ……？
「……そんなこと、ありえるの？」
　そう言いながらも、爽斗くんがそんな冗談言わないこと、あたしは知ってる。
　だから、今度はうれしすぎて、ぷくりと涙が浮かんでしまう。
「弁当の中身、俺の好きなものばっかりだし」
「……うん」
「コンソメスープ。俺の一番好きな飲み物だし」
「……ん」
「そんなの感動するに決まってるだろ。……てか、いい加減泣きやみなよ」

「んむ」

　すると、ごしごしと爽斗くんのTシャツで涙が拭かれてしまった。

「それにさ、泣くなら俺の前で泣いてくんない？」

　眉根を寄せる爽斗くんは気に食わなそうにあたしを見おろしていたのに、突然ふっと、いじわるく口角を上げるから、ドキッとした。

　爽斗くんはあたしの鼻先を撫でると、

「この悲惨な顔、見逃したくないからね」

　そのまま、ヘッドロックほどではないけれど、あたしは爽斗くんの腕に捕らわれてしまった。

　ひゃぁー……っと声が出そうになるほどドキドキしてるのに。

「早く行こーぜ」

　と、いつもどおりの様子であたしを急かす爽斗くん。

「あ、それと優心に弁当なんか作んなくていいから」

「……なんで？」

「そんな暇あるなら俺にちょうだい」

「え、あ……じゃあ、ふたりに作れば」

「そしたらふたつとも俺が食べることになるね。腹壊したら責任とれよ」

「えぇ……？」

「そんなこと言うのサヤせこすぎるってー。冗談きついわー」

　後ろから追いかけてきた優心くんが突っ込んで、ようやく爽斗くんの冗談だったってことに気づいた。

「なんだ、冗談か……」

　くすっと笑うと、

「なんで冗談だと思うの？　俺のもんなんだよ、全部」

　人質（ひとじち）になったみたいに爽斗くんの腕の中にいるあたしは、動くことさえ忘れて、その言葉を頭の中で反芻（はんすう）した。

　『俺のもん』、『全部』……？

　どういう意味か、何にたいして俺のもんなのか。

　全然わからないけど、そんなこと言われたら……。

　胸の奥から込み上げるうれしさを、必死で隠していると、爽斗くんはちらりと優心くんに目を向けて。

「つーか人のデートについてくるとか暇なの？　すげー悪趣味だよね」

　鬱陶しそうに眉根を寄せているけど……。

「そんな言い方しないで……。優心くんは心配してくれたんだよ……！　あたしが、相談したから」

　だから、そんなふうに睨まなくても……。

　そう言ったら今度はあたしに鋭い視線が向いて、ぎくりとした。

「相談……？」

「……ごめ、ん」

「はぁ……莉愛、まじで鬱陶しいね」

「……！」

　優心くんに相談したことって嫌だったのかな。

　そっか……！

　あたしなんかとデートなんて恥ずかしいに決まってる。
　どうしてわからなかったんだろう、あたしのバカ……。
「本当にごめんね」
「……。早く弁当んとこ行くぞ。じゃーね優心、さっさと帰んなよ」
「ひっどー」
　優心くんを振り返ると、困ったように笑いながら手を振っていた。
「莉愛ちゃん、泣かされたらすぐ呼んでね〜」
　隣から、すごい舌打ちが聞こえてきた。
　ちょっと爽斗くんが不機嫌すぎる……かも。
「だいたい、なんで俺が黙って弁当食べてるだけで“おいしくない”とか思うの？」
「え……」
「まずいなんて一言も言ってないのに、すごい被害妄想(ひがいもうそう)だよね。なんでそんなことで泣くわけ」
　イライラした荒っぽい声に気圧されて、
「ごめん……」
　そう謝るしかできない。
　でも爽斗くんの不機嫌は止まる気配を見せず、先を歩いていく。
「莉愛はネガティブすぎ。自分でも同じもの食べてんだから、うまいかまずいか普通にわかるだろ」
「……それは、だって……言ってくれなきゃわからないよ」
　小さな声で反論したら、爽斗くんは足を止めて、後ろを追いかけていたあたしを振り向いた。
「……——だとしたら、俺のことわかんない莉愛が悪い」
べ、と小さく舌を出して見せる不機嫌な爽斗くん。
そういうの、逆ぎれっていうんじゃないの……？
再び歩きはじめた爽斗くんの後ろ髪が風に揺れる。
逆ぎれされても、いじわるされても、あたしはまたいつものように……爽斗くんのことを追いかけたくなっていた。

Chapter 3

波乱のテスト期間

【莉愛side】

遊園地デートは夢みたいだった。

でも時の流れも、夢から覚めるのも、あっという間で。

「うう……わかんない」

「今度はどこがわかんないの？」

じつはテスト期間がすぐそこ……というところまで来ていて、放課後の教室で、優心くんに勉強を教えてもらっている。

懇切丁寧な説明ですごーくわかりやすいんだけど、あたしのせいで優心くんの勉強がおろそかになっている気がするよ……。

「やっぱりもういいよ。優心くんの時間がもったいないから……」

「気にしないで。俺、成績そんな悪くないしさ」

にっこりと笑う顔を見ても、申し訳なさすぎて勉強に身が入らない……。

「それに莉愛ちゃんって、結構のみ込み早いと思うよ」

「……そんな、あたしなんか」

と言ってしまってから、ハッとして口を両手で塞いだ。

「ん？　どうしたの？」

「あの……。卑屈な口癖が出ちゃったから。中学生のときに“あたしなんか”って言わない！って友達に散々言われてたのに……」
「なに禁止ワード作られちゃってんの」
　くすっと優心くんが笑って、頬杖をついた。
　優心くんの穏やかな雰囲気って、どうしてこんなに話しやすいんだろう。
「だってあたしは根っからのネガティブだから……。何も言わなくてもにじみ出てるみたいで、みんな嫌な気持ちになるでしょ？」
　小学生のころ、クラスのみんなと花火大会に行こうとしたら『莉愛は家にいろ。早く帰んなよ』って爽斗くんに言われたんだ。
　そのとき、やっとそれに気づかされたっけ……。
　あれから、ポジティブな自分でありたいって、思ってはいるんだけどなかなか難しい。
「俺は別に嫌な気持ちになんてなんないよ。ネガティブでも別によくない？」
「うーん……それはあたしにとって都合よすぎるかな。この前も爽斗くんに『ネガティブすぎ』って怒られちゃったもん」
　あたしを突き動かすのは、いつも爽斗くん。
　だから、ポジティブになれる本をたくさん読んだんだ。
　なのに、『あたしなんか』ってさらりと言っちゃってショックだな。
　ポジティブになりたいって思うけど、やっぱり自分に自信が持てなくて難しいんだよね。

「莉愛ちゃんは“あたしなんか”って思ってるから、サヤとのデートの前も会話術の本を読んで努力するわけじゃん。それって上手なネガティブの使い方なんじゃないの？」

ネガティブの使い方なんて、そんなこと考えたこともなかった。

遅い思考回路で考えていると、ポンと頭に手が乗って、

「ネガティブで“あたしなんかー”の莉愛ちゃんの丸ごと全部、俺が高く評価するよ」

目の前でふわりと笑顔が咲いた。

とくんと心臓が優しく脈を打つ。

優心くんって、本当に優しい人だ……。

「ちなみに俺はねー、間違いまくってもいいし嫌われてもいいから、俺は俺一っていうポジティブであれたらなって思うけど。そんなポジティブより莉愛ちゃんのネガティブのほうが魅力的なんじゃない？」

それはブンブンと頭を横に振って大きく否定する。

「それは違うよ。優心くんのほうがずっと魅力的……！」

立ち上がる勢いで言ってしまって、優心くんはぽかんとしてから噴き出した。

「あははっ。うれしー。つまりみんなそのまんまでいーんだって。俺は、そのままの莉愛ちゃんが好きだよ」

「え……うん。ありがとう」

照れながら頭を下げると、優心くんはくすっと笑った。

「好きって、莉愛ちゃんが捉えてるのより、もうちょっと特別なんだけどなー」

「え？」

「ううん。なんでもない。勉強しよっか」

　と、勉強して30分。

「莉愛ちゃん、ぼーっとしてるよー」

「あ、ごめん……」

　早くも集中力が途絶(とだ)えてしまった。

「ねーもしかして、サヤのこと考えてない？」

「え……ううん、ううん。違うよ……」

「じゃあ、なんでサヤの落書きそんなに見てんの」

「え！」

　たしかに、この数Ⅰの教科書を貸したときに書かれたらしい落書きをすごく見ていたし、そこから派生(はせい)して爽斗くんのことばかり考えていたけど。

「何も……！　ただ、ぼうっとしてただけ……」

　首を横に振って、ごまかした。つもり。

「長いことうわの空だったよー？　サヤとは言わないけど、好きな人のこと考えてたでしょ」

「そういうわけじゃないよ……」

「バレバレだよ、莉愛ちゃん。もし相談事でもあるなら聞くよ」

　そう言ってペンを置いてくれる優心くんは、優しすぎると思う。

「どうしてそんなに優しいの？」

「えー優しいか？　俺、普通だと思うよ。莉愛ちゃんは、サヤのいじわるに毒されすぎなんじゃない？」

「……でも普通、テスト期間なのに相談のるよなんて言う？」
「言うでしょー」
　隣の席から目を向けて、優心くんはあたしに問う。
「てかね、恋人ができるきっかけでよくあるパターンがあるんだけど、知ってる？」
「恋人ができるきっかけ？」
　首をかしげると、優心くんはにっと口角を上げて言った。
「正解は恋愛相談。相談してるうちに、いつの間にか相談してた相手を好きになっちゃうみたいなことって、よくあるんだって」
「へぇ……」
　優心くんは詳しく教えてくれた。
「だから、俺は莉愛ちゃんに恋愛相談にのるよって言ったんだよ。優しいわけじゃなくてずるいの」
　にっこりと笑う彼の視線が、まっすぐとあたしに届く。
「そうなんだ……」
　何がずるいんだろう？
「んー……莉愛ちゃん？」
「何？」
「……」
　優心くんは一度驚いたように目を見開いてから、ぷっと噴き出して堪えられないように肩を震わせた。
「莉愛ちゃんの鈍感！」
「え!?」

家に帰って机に置いてある“ポジティブになる本”に目を向けた。

……こんなの読んでも、あたしなんかが上手なポジティブにはきっとなれないよね。

だったら上手なネガティブを目指そうかな。

優心くんにいつも救われている気がする。

魔法使いみたいな人だなぁ。

そっと机の奥にしまって勉強をはじめた。

そして22時、「莉愛、勉強してる？」と、爽斗くんが部屋に来た。

「うん。してるよ」

「ふーん」

あたしが座る学習机に手をついて、後ろからノートを覗き込む爽斗くん。

「あの……爽斗くん？」

「おばさんに勉強教えてやってって頼まれた。小テストが壊滅的（かいめつてき）だったって？」

「え！　そんなことを……お母さんってば。でも爽斗くんもテスト期間なんだから、あたしのことは大丈夫だよ」

「４点取ったんでしょ」

「え！」

なんで知ってるの……。

って、お母さんか……ひどい……。

「100点中４点の隣人なんて哀れすぎるんだけど」

そう言って片づけてあった簡易イスを引っ張り出して、

あたしの隣に座る爽斗くん。

「……でも、爽斗くんの勉強もあるのに悪いから……！」

「何このノート。カラフルすぎ。頭悪そう」

うう……あたしの話なんか聞いてないし、なんでもかんでも悪口も言われる……。

「このノートは優心くんに教えてもらいながらまとめたの」

「……は？」

「だから今日は結構進んだし、爽斗くんは自分の勉強をして？」

と言っている間も、爽斗くんはパラパラとノートをめくっている。

ちょうど今日、優心くんとやった分を確認し終えた直後。

「はい無駄」

ポイッとごみ箱にノートが投げ捨てられて、ぎょっとしながら拾い上げた。

「何するの……!?」

「勉強教えてもらうにしても、もっとマシな人に聞いたほうがいいんじゃないの」

「そんな……。優心くんすっごく優しく教えてくれたもん」

「莉愛は４点なんだろ？」

「うん……」

「４点がだらだらとその勉強法でやって、伸びると思ってんの？」

「……それは、頑張る……」

「頑張り方が違うって言ってるんだけど」

　ぶちゅ、と片手に両頬をつぶされて、向き合う茶色の瞳。
　絶対服従の視線があたしを捉えて、
「俺が教えてやるって言ってんの」
　くいっと、顎を上げる指先、そして暗黒の微笑。
「……一から十まで、俺だけが、全部ね」
　もう逆らう余地はどこにもなかった。

　爽斗くんは、いつも以上にかなりのスパルタだった。
　おかげで、勉強を１時間もしたらへとへとだ。
「ちょっと……休憩（きゅうけい）したい。ベランダで星でも……見ませんか……」
　目が回りそうなあたしは、本気で夜空の癒（いや）しを求めて言ったのに。
「ひとりで見れば」
　……冷たい。
「うん、じゃあ……はい。行ってくるね」
　一緒に星、見たかったのにな。
　ベランダに出てサンダルを履き替えて見上げた夜空。
　そこに光なんてひとつもなくて、代わりに風に乗って雨が吹き込んできた。
　あ……雨なんて。
　……ショック。
　がっくりと肩を落とし、部屋に戻って。
「雨だった……」
　と報告したら、当たり前の口調で返された。

「うん知ってる」

「……！　言ってくれたらいいのに」

いじわる……。

でもあたしの頭は今、数学に拒否反応が出ていて、とても学習机につく気になれないから、ベッドに座った。

爽斗くんは今日勉強する気はないし、暇だって言っていたけど……。

もしも、“もう少し休憩したい”なんて言ったら帰っちゃうよなぁ……。

「何か飲まない？」

「いらない」

「あ、そっか」

お茶休憩も取らないなんてストイックすぎるよ……。

「って！　またノート捨ててる……！」

「気づくのはやー」

……もう！

さりげなくごみ箱に放り捨てられてるノートを拾い上げて、ごみを払った。

せっかく優心くんが懇切丁寧に教えてくれたものなのに！

そういえば、優心くんが言ってたな。

……恋愛相談は、ふたりの距離を近づけるって。

第三者との恋愛相談をしてたはずが、いつの間にかお互いを意識するようになることはよくあるんだって……。

でも……爽斗くんって恋愛の話とか好きじゃないと思う

な。

　うーん……。

「何？」

　ひょいっと顔を覗き込まれて、ドキンとした。

「ぼーっとしてどうした？」

　座っているベッドの隣に、爽斗くんが腰をおろした。

　怪訝そうな彼に、念のため先に聞いておく。

「あの……爽斗くんって恋愛の話できる？」

「恋愛？　なんで……？　莉愛、好きなやつでもいんの？」

「え!?」

　って言う声が、思いっきり裏返った。

　は、は、恥ずかしいー……っ！

「んん、ごほん」

　なんて咳払いしても消えるわけないよね。

　さっきの声は忘れて……！

　真っ赤に染まる頬を両手で隠しつつ、爽斗くんの様子をおそるおそるうかがうと、爽斗くんは裏返った声をバカにするような様子はなく、いや、様子が変。

　鳩が豆鉄砲を食らったような顔してる。

　何にそんなに驚いているの……？

「だ、大丈夫？」

　フリーズしている彼の顔の前に手をかざしてみると、

「あー……いや。その反応って莉愛、好きな人いるんだ」

「えっと……」

　告白してるみたいで恥ずかしい……！

　うかがうように爽斗くんを見ると、全然こっちなんて見てなくて、ただ正面を見てる。
「うん……あたし、好きな人がいる」
　ドキドキしながらのカミングアウトのあと、沈黙がまた訪ずれ……。
　そしたら爽斗くんは冷めた声で言った。
「……へー。まぁ俺には関係ないけど」
　顔色ひとつ変えない彼。
　あたしのこと、そんなに興味ないんだ……。
　少しくらい反応してくれると思ったのに。
　幼なじみとしてでもいいから、気にされたかった。
　でも、脈がないことなんて百も承知だから……。
　脈がないから、もっと頑張らないといけない。
　これから少しでも距離を縮めていけたら……。うん。
　気持ちを切り替えて、爽斗くんの服をつんと引いた。
「あの……。だから、恋愛の相談にのってほしいの」
「は？」
「た、例えば……爽斗くんの好きなタイプの子ってどんな子？」
「なんで俺？　俺の好み聞いたって意味ないでしょ。ゆうし……いや、好きな人の好みとは違うんだから」
「そうかもしれないけど……」
　いや、全然そうじゃないよ。
　爽斗くんのタイプが知りたいのに……。
「てか、待って。なんで俺が莉愛に恋愛相談なんかされなきゃなんないの？」

「え……」

冷ややかな視線があたしを貫く。

ひやりとした。

「バカにしてんの？　莉愛の恋なんてどうだっていいんだよ」

怒気を含んだ低い声は小さくて。

爽斗くんが本当に怒ってるときの怒り方だ、これ……。

「ごめ――」

相談をするだけって思ったのに、そんなに怒らせることだとは思わなかった。

ギシ、と音を立ててベッドから立ち上がる爽斗くんは、鋭い視線をあたしに向けて、

「俺には関係ないし、勝手にすればいいだろ」

――バシン、と勢いよく窓を開閉して、部屋を出ていってしまった。

それから１週間、テスト前日になった今日まで一度も爽斗くんと話していない。

毎日、【ごめんね】と反省文を書いたメモをベランダに置いておいたけど、一度もカーテンが開くことはなかった。

莉愛の好きな人

【爽斗side】

ここんとこ毎日最悪な気分。

莉愛が優心を好きになった。

またこれ。

小学生のときもあったよな、この最低な気分。

なんでまた優心なの？

優心のことで相談とか、死んでも聞きたくもないし思いっきり突き放した。

「はー……」

……でも４点なんだよな、あいつ。

普通に数学も心配。

頭をかかえて気晴らしにベランダを覗くと、今日も丁寧に折られた、いちご模様のメモを見つけた。

爽斗くんへ。
この前は本当にごめんね。
もう相談なんて図々しいこと言わないから、また話したいです。
りあより。

……別に莉愛は悪くないのに謝っちゃって、バカだよね。

こういう必死なところが俺のツボなんだよ、いつも。

「報われねー……」

自分の名前も他人の名前もたいていひらがなで書くあいつが、俺の名前は絶対漢字で書くとこ。

莉愛がはじめて書けるようになった漢字が『爽』だったから『ちょっと特別なんだ』とか言ってた。

……そういうとこ好き。

ずっと、俺のほうが莉愛といたのに。

なんでいつも好きになるのは優心なんだよ。

今日で7通目になったメモを机の中にしまった。

待って、よく考えたら明日テストじゃん。

……4点が、まじで気がかり。

どうやったらそんな点数取れんの。1桁って……。

あーむかつく、テスト期間なのに1ミリも集中できないくらい莉愛のことばっかり考えてる自分にも、莉愛にもむかつく。

そんなときも莉愛は優心で頭いっぱいだったら、最高にむかつくんだけど……。

「あー……」

全然、勉強に集中できない。

って、机に筆記用具さえ出してもないじゃん。

俺、何してんの。

……ねぇ、莉愛。

お前、何してくれてんの？

苛立ちに身を任せて立ち上がり、棚からノートを1冊引っこ抜いてベランダに出た。

莉愛の部屋のカーテンは今日も開いている。

「……おい４点」

ドアを開けながら言うと、学習机に向かう莉愛の肩がビクッと跳ねて。

「あ……爽斗く……。やっと会ってくれた……」

みるみるうちに浮かび上がってくる涙。

……泣き虫。

立ち上がって「……ごめんね……っ」と体育会顔負けの角度で頭を下げる莉愛。

ねぇ、ほんと、バカじゃないの。

莉愛は、ひとつも悪いことしてないのに。

俺が勝手にすねただけなのに。

「……嫌いにならないで」

そういうかわいいこと言われると俺、もっといじめたくなるよ？

──バシ、とつむじめがけてノートをおろした。

「痛」

「明日の数学、これだけはやっといて」

「え!?　うん！　絶対する……！」

ノートを受け取ってパラパラと開く莉愛の泣き顔。

「ありがとう……あたしのためにこれ作ってくれたの？」

そうだよ。

４点のバカのために、眠れない夜に作ったよ。

「俺が自分のために作ったおさがりだよ、自惚れんな」

「だ、だよね」

泣くのかはにかむのかどっちかにしろよってくらい複雑な表情でノートを抱きしめる莉愛。

……かわいくて仕方ない。

莉愛は感動しながら学習机の上にノートを開いている。

小学校のときも見るからに優心と莉愛は両想いだったのに、ふたりが結局付き合うことはなかった。

……なんでだったんだろう。

今だって両想いなのに、なんで優心は告んないの？

莉愛が告白できないチキンなのはわかるけど。

てか、俺のつけ入る余地ってまだ残ってんの？

「ねぇ、莉愛は好きな人じゃない人から告られたらどーすんの？」

「へ……？　そんなことあるわけないでしょ……」

「もしもの話だよ。めんどくさいな」

「う……。好きな人じゃなかったら、絶対に断るよ」

「へー」

莉愛、すげー振るじゃん。

「……むかつく」

ぺちっとデコピンをくらわすと、「いたっ」と目を閉じて額をこする莉愛。

かわいさ余って憎(にく)さ百倍。

あまりにむかつくから暗示でもかけとこうかな。

『莉愛は彼氏ができない』

その思い込みは今ね、テストより大事だと思うよ。

「莉愛に彼氏なんて、できるわけないよ」

「……うん。わかってる……」
　あからさまに沈んだ声、出すね。
　泣けば？
　俺はとことん邪魔するのみだから。
　莉愛と好きな人の幸せを願うだとか、いい人になる気なんてさらさらない。
　莉愛の恋なんか枯（か）れちゃえばいいよ。
　俺がせっせと毒、撒（ま）いてあげる。
「……万が一、莉愛に彼氏ができたとするじゃん」
「う、ん」
「そしたら俺、莉愛と縁（えん）切んないとね」
「!?」
「そりゃそうでしょ。莉愛が誰かのものになるってことは」
　暗黒の笑みで、小さな頭を撫でる。
「……汚れんじゃん？」
　莉愛の瞳がゆっくりと見開かれて、涙がこぼれる。
「なんで……っ!?」
「俺以外の男がそばにいるって、そういうことでしょ」
　突き放すように言ったら、
「爽斗くんと縁を切るなんて……絶対嫌だよ」
　って、必死で俺の胸元を掴む莉愛。
　なんでそんなかわいいこと言う？
　依存って言ってたっけ。
　そんなんじゃなくて……ただ普通に、俺を好きになれよ。
「潔癖なんだもんね。あたし、きれいにしておくから……」

俺が潔癖症って信じてるのもすごいよな。

莉愛に限局してって、どんな潔癖だよ。

……ほんと、バカ。

莉愛がきれいにしとくとか、そういうことじゃなくて。

答えはこっちだよ。

何回も言ってると思うけどね。

「じゃあ“俺だけを追いかけてたらいい”んじゃねーの」

他の男なんか見ないで、俺だけを。

あーあ、莉愛。ぐずぐずになって泣いて。

……ほんとバカだよね。

「じゃーね。もう帰る」

「待って」

やだ。無視。

なぐさめてなんかやんない。

ずっと俺のこと考えて、悩んで、悩んで、泣いていればいい。

テストも終わって、『爽斗くんのおかげで10倍も点数が取れたの……！』

とはしゃぐ莉愛は、無事40点という底辺な点数を取ってご機嫌だった。

こっちは少なからず莉愛と優心のことで落ちつかないっていうのに、なんなの。

だから放課後、偶然廊下で見つけたこの能天気女に言ってみた。

「莉愛の40点のお祝いに、パフェおごられてあげようか」
「……っ、いいの？」
おごらされてるのに喜ぶってどうなってんの。
いつもよりテンション高いのって、テスト明けだからってだけじゃないよな。
やっぱりそれって、恋したせい？
「じゃ、じゃああたし……すぐに荷物持ってくるね！」
小さい背中が大慌てで自分の教室に戻っていった。
「はー……」
小さくため息をついたとき。
ちょうどうちのクラスから出てきた樋口（ひぐち）って男子が、俺の名前を呼んだ。
「さーやとー」
樋口が言うには樋口と俺は心の友らしいけど。
いつものように、なれなれしく笑みを見せながら近づいてきた。
「いーなー。あのかわいい幼なじみちゃんとデート？」
「別にデートじゃない」
「しかもおごらすって、お前は鬼（おに）か！」
「いてーわ。叩くな」
本気でおごらせるわけないだろ。
言ってるだけに決まってんじゃん。
すると、俺のセンサー的な何かが反応して莉愛の気配に気づいた。
「準備できました……！」

　白い頬、赤く染めて俺を見上げる莉愛がそこにいる。
「……ブス」
「えっ」
　なんでこんなに自然と反対言葉が出てくるのか、俺もわかんない。
　樋口が莉愛に絡もうと口を開いたそのタイミングと同時に、
「すみません！　爽斗くん、ちょっといいですか…!?」
　はしゃいだ女子の声がして、目を向けた。
　見れば、黒のストレートヘアが目を引く清楚系(せいそけい)の女子がいた。
「あー、うん。何か用事？」
　結構かわいい女子に絡まれた時点で、俺の口角は気持ち上がってる。
「爽斗くんのことずっと気になってて……。あ！　気になるって言うのは、あの……SNSとか、その……！」
　もごもごと小さくなっていく一生懸命な声。
　うつむく赤らんだ顔。上目づかい。震える指先。
　俺はそういうの見ると、いつも思う。
　──ほんと興味ない。
　でも“今の”俺は、ふっと口角を上げて、なるべく優しい声で言う。
「いいよ、SNS交換しようよ」
「いいの……？」
「うん、俺でよければ。名前なんていうの？」

「飯森こころです……！」
「へー、こころちゃんっていうんだ。覚えた」
　首をかしげてふっと笑うと、女子の頬はポッと赤く染まる。
　……そう、その顔だよ。
　やきもち全開の莉愛の顔。
　その顔が見たかった。
　ねぇ、莉愛。
　……お前って、なんでいちいち妬いて見せてくれんの？
　一度、莉愛へ向けちゃった視線がそこから離れなくなる。
　莉愛は眉間にシワ寄せて、うつむいてる。
　……そのいじけ顔、最高だよね。
「じゃあこころちゃん、あとで俺からメッセ送るね」
「うん……！　ありがとう！」
　去っていくうれしそうな女子。
　ああいう女子に気を持たせちゃってごめんとか、そんな罪悪感、悪いけど俺にはない。
　女子への興味が最高に１本道なんだよね。
「……お手洗い、行ってきてもいい？」
　しょんぼりした莉愛の声は最高だし癖になる。
　それに「早くして」と見送って、いつの間にか俺の口角は上機嫌にゆがんでいたらしい。
　「……爽斗さぁ」と樋口が苦笑いして俺を横目に見る。
「爽斗って普段女子への愛想なんてどこ探してもない“超無愛想男”じゃん。なんで今日はこんなに饒舌なんだ？って思ったけどさー」

バシ、と背中を叩かれた勢いで肩に腕を回されて、樋口はにやりと俺に笑みを向ける。

「爽斗、まさかわざと莉愛ちゃんの前で女子と絡んで、莉愛ちゃんを妬かせて楽しんでる？」

「……何それ？」

めんどくせー。

明後日(あさって)のほうを見て、しらばっくれてみる。

「とぼけんなよ。さっきなんて今日イチのいい笑顔してて鳥肌(とりはだ)たったわ！」

「ウザ」

「莉愛ちゃん妬かせるために、近づいてきた女子使うとか性格わるーい、こえー」

「いんだよ別に」

「ほんと爽斗って、こじらせてんなぁー」

眉を下げながらぷぷーっと一笑したあとで、

「こころちゃん、俺にも紹介して！」

と図々しく言ってから樋口は帰っていった。

……なんだあいつ。

忘れられない夏祭り

【莉愛side】
　テストが無事に終わって本当によかった。
　もうすぐ夏休み、という放課後。
　仁胡ちゃんに差し出されたお菓子を食べながら、窓際にふたりで並んで、外を眺めていた。
「爽斗くん、今日は来ないのかなぁ」
「……え？　なんで爽斗くん？」
「だって莉愛ちん、爽斗くんが来るの待ってるんでしょ？」
「待ってなんかないよ……！」
「ねー。前から思ってたんだけど、なんで爽斗くんのことが好きって認めないの？」
　……！
　なんで逆に、バレているんだろう……！
　あたし、そんなこと一言も言ってなかったと思うんだけどな。
「わたしには隠したいってこと？」
　しょぼんと表情が陰って、大きなため息が聞こえた。
　がくっとうつむいてしまった仁胡ちゃんを見て、動揺しながら首を横に振る。
「違うよ……！　そうじゃないから！」
　仁胡ちゃんの耳元に手を添えて、そっと小さな声で囁さやいた。

「だってあたしが爽斗くんを好きだなんて、身のほど知らずにもほどがあるでしょ……？」
　すると仁胡ちゃんは顔を上げて、にやーっと笑った。
　……あれ？
　さっきまでの落ち込んだ姿は……？
「やーっと認めたかー！」
　お菓子を口に入れて笑う仁胡ちゃんを見て、演技だったってようやく気づいた。
「あ……」
　思わず口に手を当てる。
　爽斗くんのことが好きだなんて、今まで誰にも言ったことがないのに……！
　……だって身の丈に合わない相手に恋なんて、恥ずかしい。
「ていうか、莉愛ちんと爽斗くん普通にお似合いじゃん」
「そんなわけないよ……」
「莉愛ちんは、ほんとに自分に自信ないよね。あ！　メイクしてあげよっか？　ちょっと自信つくんじゃない？」
「とんでもないよ……！　あたしがしたらピエロになるから、それはしない……」
「何それー。もう莉愛ちんは。そうやってぼーっと過ごしてたら爽斗くん取られちゃうよー？」
「……え」
「彼、水面下ですっごいモテてるもん。なんたって、わたしも間違って一目惚れしかけたくらいだし！」

そういえば、仁胡ちゃんって爽斗くんのことイケメンって言ってたっけ……。

すっごくモテてるのも、なんとなくわかる。

「でもさ、爽斗くんて不思議って言うか。なんか掴めないよね」

「え？　掴めない？」

「うん。フレンドリーでちょっとちゃらちゃらしてるなー？って日もあれば、無愛想で挨拶(あいさつ)さえ返してくれないときもあるもん」

「無愛想？」

意外……。だって爽斗くんは、あたし以外の人にはいつもフレンドリーだもん。

「毎日毎日、態度違いすぎて戸惑うよー。挨拶無視したかと思えば、距離感近くなってみたりするんだもん」

「挨拶は気づいてないんじゃないかな？　そういえば爽斗くん目が悪いって言ってたし」

「そっかなぁ？」

まだ眉間にシワが深く入っている。

腑(ふ)に落ちないみたい……。

「最初は莉愛ちんのこと好きなんだなーって思ったけど、なんか彼って、わたしからしたら全然掴めないなー」

「そう、なの？」

っていうより、爽斗くんがあたしを好きなんて1000パーセントないけど。

そんなに掴めないのかな？

爽斗くんはあたし以外の人には明るくて、とくにかわいい子には甘い言葉を簡単に言うよ。

……毎度あたしはその光景を静かに眺めて、やきもちを隠してる。

「まぁとにかく、莉愛ちん！　幼なじみとか隣人とかって立場に油断して動かないでいたら、爽斗くん、取られちゃうと思うよ？」

「……！」

「今度の夏祭り、爽斗くんと行きたいって言う女子が、このクラスだけでもかなりいたんだよ！」

「……嘘」

「本当。莉愛ちん、絶対に頑張って勝ち取ってきて！」

ごく、と唾を飲み込む。

「頑張って!!」

そして仁胡ちゃんのエールに、小さく頷いた。

家に帰り、夏祭りって単語を思い出してはため息が出る。

あたしにとって夏祭りって、じつはけっこう結構なんだ。

あれは、小学校高学年くらいのころ、クラスの子とみんなでお祭りに行こうって機会があった。

夏祭りのメンバーの中に爽斗くんもいたけど、当時はまだ恋心を抱く前で、どちらかといえば圧倒的に苦手な存在だった。

だって、いじわるだから。

夏祭り当日は、たしか登校日で。

女子みんなで約束して浴衣（ゆかた）まで準備して、あたし、たぶんはしゃいでた。

楽しみで仕方なくて、いちばんに待ち合わせ場所についたんだ。

ワクワクしてた。茜色（あかねいろ）の空に連なる赤い提灯（ちょうちん）とか、屋台の光の明るさとか、今でもはっきりと覚えているくらい。

しばらくしたら、爽斗くんが来たんだ。

またいじめられるって思ったし、正直ふたりきりは嫌だった。

挨拶したかどうかも怪（あや）しい。

爽斗くんはいつもの私服で、男子は浴衣を着ようって約束しなかったんだなって思ったんだ。

『……なんでそんな恰好してんの？』

そう切り出した不機嫌な彼と、どんな会話したか、この辺から記憶（きおく）があいまいだ。

それくらい、ひどいことを言われた気がする。

『莉愛は家にいろ』

肩をドンと押されて、よろけたあたしは尻（しり）もちをついて、石畳（いしだたみ）にへたり込んだまま爽斗くんを見上げた。

『早く帰んなよ』

そんな姿を道行く人がちらりと横目に見てすぎていく。

すごく惨（みじ）めだった。

泣きながら家に帰ったんだ。

「……はぁー……」

つまり、あたしにとって、夏祭りと爽斗くんの組み合わせっていうのはトラウマ級なの。

でも、あたしはいないほうがいいっていうのは、本当だと思うんだ。

――『爽斗くん、取られちゃうと思うよ？』。

仁胡ちゃんの言葉がよみがえって、蘭子さんからのラブレターが頭をよぎる。

最近、爽斗くんと仲よさそうに喋っていたいろいろな女子が頭の中にくるくると浮かんでいく。

……誰かのものになってほしくなんかないよ……。

でも、爽斗くんを求める魅力的な子はたくさんいるのに、あたしなんて、絶対一緒に行ってもらえるわけない。

「わかりきってるよね……」

あ……。断られるって綿密な覚悟をしてから誘ってみようかな。

『行くわけないだろ』とかって断られるくらい、『早く帰んなよ』って言われたあのときよりは、傷つかないんじゃないかな。

……すごい、もしかしてあたし、いじめられすぎて、これ以上失うものないんじゃないかな……。

とはいっても、自分から爽斗くんの部屋に行く勇気は出なくて、とにかく断られることに耐性をつけるイメトレをしていた。

我ながら最高にネガティブ。

いや、ネガティブどころじゃない。

トラウマ級のお祭り恐怖が、無意識にあたしにサインペンを握らせていた。

7月のカレンダーの最終日の欄。

夏祭りと書いた文字の上に大きくバツ印をつけていて、ハッとして苦笑した。

……やっぱり、無理。

たぶん断られるだけでも、十分凹むもん。

ため息をついたとき、

「莉愛」

と、ベランダの窓が開いた。

どきりと心臓が跳ねる。

「……あ、爽斗くん！」

わけもなくサインペンを後ろ手に隠して、慌ててしまった。

「今なに隠した？」

怪訝そうに眉根を寄せて、爽斗くんはあたしの手を問答無用に引っ掴んだ。

「ひゃ」

掲げられたサインペンはまだ蓋が開いたままで、書いていたのはまるわかり。

そしてあたしの前にはカレンダー。

「ペン……？」

そのまま、爽斗くんの視線がカレンダーに吸い寄せられるように向いて、夏祭りにバツがつけられた7月31日を見ている……。

「……」

爽斗くんは少し押し黙って、あたしの手を離した。
「……誰かと祭りの約束して中止にでもなった？」
爽斗くんの推理はハズレだけど、まさか断られるイメトレしていたら夏祭りの文字の上にバツを書いていた、なんて言いたくもないし……。
「うー……ん、まぁ……」
嘘をつくのが下手だって自覚はあるから、中途半端に言葉を濁した。
「それ誰と行くつもりだった？」
「え！」
「あーいい。嘘。なんでもない」
ポスッとベッドに腰をおろして、両手をついて天井を振り仰(あお)ぐ爽斗くん。
「爽斗くんは……お祭り行くの？」
「莉愛は？　誰とも行かないことになったの？」
「どうだろう……」
やっぱり言葉を濁したら小さく舌打ちが聞こえて、どきりとした。
「莉愛は例えば、好きなやつ以外とは行く気ないの？」
爽斗くん以外を誘うなんて、爽斗くん以上にハードルが高いと思う。
だって爽斗くんにはもう散々言われてるからいいけど、友達を誘って盛り下げて嫌われてしまったら、あたし生きていけない。
「うん。行かない」

「……あっそ」

なんだかさっきから、爽斗くんから漂う不機嫌なオーラがすごい。

あたし、何かしちゃった……？

「ごめん……」

と、わけもわからず謝ってしまって、

「何に対して謝ってんの？　まじでウザい」

余計に怒らせる始末……。

「つーか莉愛さ」

ベッドの下の床に座ったあたしを、上から見おろす爽斗くん。

身を乗り出して、あたしの顎を指先が持ち上げた。

茶色の瞳と視線が絡む……。

「……祭りに好きな人を誘っても、相手は楽しくないんじゃないの？」

「え……」

「だって莉愛、自分から喋んないし。一緒にいたってつまんないでしょ」

「……それって」

爽斗くんがあたしに対して思ってる、気持ち？

一緒にいて、つまんなくて迷惑？

じわりと目の奥が熱くなっていく。

「好きな人を退屈させたくないならさ」

指先があたしの顎から外れる。

涙でゆがむ視界の奥で、彼は片側の口角を上げて言う。

「……家にいたほうがいーよ」

──ドクンと心臓が音を立てる。

見えるはずもないのに、あの日の茜色の空と真っ赤な提灯の列が見えた気がした。

体はあのときのショックを覚えているみたい。

涙がぶわっとあふれ、まるで全身が凍りついたみたいだ。

「……ふ。うぅ……っ」

うつむいて顔を両手で覆いながら泣くあたしの頭上に、冷たい声が落ちてきた。

「なに本気で泣いてんの？」

「っ、うぅ」

「むかつく……。莉愛の幸せなんて、俺が全部ぶち壊してやりたくなる」

「……っ」

あの日も同じことを言われた。

頭、真っ白になっていく……。

「……爽斗くんなんか……大嫌い……」

……よみがえる。

夏祭りがトラウマになったあの日、同じことを言った自分を、たった今、思い出した。

あの日の真実

【爽斗side】

あれ……このやりとりって、同じこと前にもあったな。

『莉愛の幸せなんて、俺が全部ぶち壊してやりたくなる』

莉愛をめちゃくちゃに傷つけた小６の夏祭りの日。

自分の抱いてる気持ち悪い感情が、莉愛への恋心だって自覚した。

莉愛は物心ついたころからいじめたくなる相手で、俺の舎弟みたいなもん。

絶対服従。莉愛が俺に逆らうわけがない。

そんな関係が気持ちよかった。

莉愛を見つければちょっかい出したくなって。

そうすると莉愛は泣いて、俺はそれにむかついて……。

小学生のころも莉愛はおとなしくて、数少ない友達はインドア派。

なのに、あの夏祭りの日、たいして莉愛と仲よくもないクラスの中心的女子たちに誘われたんだよな。

『クラスの人たちで夏祭りに行くんだけど、莉愛ちゃんも一緒に行かない？』

莉愛はうれしそうにはにかんで、控(ひか)えめに頷いてたっけ。

その誘ってきた女子たちが、夏祭り当日、あんなことたくらんでるとも知らずに。

夏祭り当日の掃除の時間。

教室で、女子数人がほうきを片手に円を作って喋ってたんだ。

声のトーンからして、いかにもな陰口。

『ねぇナナミちゃん、なんで莉愛ちゃんなんて呼んだの？』

『そんなの爽斗を呼ぶために決まってるじゃん』

『あー、そっか！　謎(なぞ)に仲いいもんね』

『だから爽斗さえ来れば莉愛ちゃんって、ちょっと邪魔だよね』

『うん、なんかとろいし、話合わなそー』

『じゃあさ、莉愛ちゃんのこと、祭りの途中ではぐれさせちゃおうよ』

廊下掃除をしていた俺には、そんな計画が聞こえてきた。

それに対して、例えば優心なら“お前ら最低だ”とか言うんだろう。

俺は、なんか衝撃的にキモすぎて関わりたくないなって思った。

本気で引いちゃって、なんも言えなくて。

帰りの会の莉愛は、表情がいつもよりずっと緩んでいて、祭りを楽しみにしてるのがまるわかりだった。

……バカじゃないの。

そうしているうちにも、刻々と夏祭りの待ち合わせ時間が近づいていく。

視界に入れるだけでむかつくし気になるし、俺を苛立たせる莉愛。

そんな莉愛をあの夏祭りの会場で、見つけた。

茜色に染まる空の下、目に飛び込んできたみたいだった。

見慣れない髪型、小さな花の髪飾り。

白地にピンクと薄紫のアジサイが咲いている浴衣を着た莉愛が、すっとそこに立っていた。

はたはたと、はためく浴衣の足元。

提灯を見上げる横顔。

なぜか心臓がドキドキと鳴っていて、声が出なかった。

じり、と砂を踏む俺のスニーカーの音に反応した莉愛が、こっちに振り向いた。

『あ……爽斗くん』

ひきつった顔で一歩後ずさりして、ふいに目をそらす莉愛の態度全部に、めちゃくちゃむかついた。

は？　なんで莉愛が避けんの？

イライラしながらも、なぜか俺の目は莉愛を追ってる。

なんかわかんないけど、見ていたかった。

こっちを見ない莉愛をじっと見ながら、たぶん、かわいいと思った。

それと同時に他の男子に見せたくないと思った。

莉愛が祭りに呼ばれたのも、俺を釣(つ)るための餌(えさ)だったんだって。

なのにそんな張りきった恰好しちゃって、バカなの？

『……なんでそんな恰好してんの？』

そんなに楽しみだった？

あとで莉愛だけハブられるのに。

『浴衣着ようって女子みんなで約束したの……。変？』

　恥ずかしそうな伏目、不安そうな顔に、ドキドキと心臓の音が混ざる。
『……変』
　じゃない。
　またイライラしてきた。
　よりによってクラスのみんながいるときに、なんでそんな恰好すんの。
　誰にも見せたくないのに。
『そっか……でも選ぶときに写真撮ってね、優心くんはこれがいいって言ってたから』
『……また優心？』
　優心に浴衣を選んでもらったってこと？
　優心、優心て最近本当にウザいんだけど。
　じゃあその浴衣姿も、優心に見せたかったの？
　……なんで俺じゃないの。
　もういいよ。どうでもいいけど、莉愛のくせにそんな恰好して、張りきってきたのに、『ナナミちゃんたちに、はじめて誘ってもらえたの』とか言って、ずっと祭りを楽しみにしてたのに。
　……このあとね、莉愛だけハブられるんだって。
　だったらさ。
　だったら、俺と。
　ハブられるよりも前にさ。
　……ふたりで抜け出したらいいんじゃないの。
　そう言いたいのに言葉にできなくて、気づけばずっと見つめていた莉愛の瞳がぐらっと揺れる。

これは、莉愛が俺に怯えるときの癖。

……なんで今怖がるの。

俺なんもしてないじゃん。

体に力が入って、ぎりっと奥歯が鳴る。

莉愛はハブられるよりも俺とふたりでいるほうが怖い？

むかつく。

……手に入んない莉愛なんて大嫌いだ。

『莉愛は家にいろ。早く帰んなよ』

そう言ったら、莉愛はいつもとは違って、何か言い返してきそうに見えた。

だから、かっとなって肩を押した。不慣れな下駄のことなんか忘れてた。

簡単に転んで、やばいって思って、起こそうと思ったけど、どうしていいか一気にわかんなくなった。

だって遠くに優心を見つけたから。

俺とは全然違くて優しくて“王子様みたい”って、莉愛が恋してる優心を。

嫉妬や独占欲や恋なんて自覚もなく、その気持ち悪い感覚に苛立ちながら、俺は言葉を吐き捨てた。

『莉愛の幸せなんて……俺が全部ぶち壊してやりたくなる』

莉愛の頬がぬれていく。

『……爽斗くんなんか……大嫌い……』

絞り出すような涙声は、今でも忘れられない。

「はぁ……」

また同じことするって、俺の精神年齢まじで小学生。

好きなら優しくすればいいってのは当たり前だし、女子って生き物は、ちやほやされたらコロッとおちるってわかってるのに。

……莉愛を前にすると、なんかそうできない。

こんなんだから、莉愛の父親にもよく叱られた。

今は単身赴任中で会わないから、野放し状態でまぁ助かるけど。

『莉愛を仲間外れにして、自分だけ祭りを楽しんできたんですか』と、おじさんには冷ややかに呆れられて。

『小6にもなって弱いものいじめをするのは、男らしくないですねぇ……』と、言われ……。

それを皮切りに『大和魂』のいろはを叩き込まれることだいたい1時間……。

いや俺は結局祭りに行ってないし、仲間外れにしたつもりもなかったけど……。

まぁ結果的にそうなるのかーって諦めながら、すげー怒られたっけ。

翌日、高校についた俺は、莉愛の教室をちらりと覗いた。

莉愛はいつもとたいして変わらない様子で、仁胡ちゃんと宿題か何かをやっているみたいだ。

夏祭りに大きなバッテンをつけた莉愛の沈んだ瞳を思い出す。

優心に祭りを断られたくらいであんなに落ち込むくせに、俺とのケンカはノーダメとかナマイキすぎる。

てか最近ケンカしすぎ。こんなの何回目？

……それも全部、俺に余裕ないせいだけど。

「なんでこんな焦ってんだろ……」

自分に呆れて思わずこぼれた言葉を、

「へーサヤ、何に焦ってんの？」

……まさか優心に聞かれるなんて。

「別になんもない」

「嘘つき。俺に焦ってんじゃないの？」

優心は余裕たっぷりに笑っていて、絶妙にむかつく。

「……優心さ、今度の祭りなんであいつと行かないの」

「んー、祭りに？　莉愛ちゃんと？」

「何きょとんとしてんの。ないとは思うけど俺に遠慮(えんりょ)して断った？」

「俺、サヤに遠慮する気はないけど……。んー、そうだね。莉愛ちゃんと行こうかな」

「な」

だったら断るなよ。

１回莉愛を凹ませといて、すげー身勝手じゃん。

文句言いたいこと全部のみ込んで。

莉愛の後ろ姿に目を向ける。

……バカ莉愛、お前らちゃんと両想いだよ。

よかったじゃん。

正直な彼の気持ち

【莉愛side】

今日から夏休み。

夏祭りには、例年どおり行かないつもりだったんだけど、

【夏祭り一緒に行かない？】

そう優心くんからメッセージが届いたのが昨日の夜。

誘ってもらえたことはうれしいけど、正直迷ってる。

だって、あたしと行っても絶対楽しくないよ……。

優心くんに“こんなつまんない人と友達でいたくない”だとかって幻滅されたらあたし、２学期から生きていけない。

君子危うきに近寄らずっていうよね。

「……はぁ」

とかなんとか悩んでるふりしても、ため息だけは正直に爽斗くんの部屋の方角に吐き出される。

今いちばんの悩みは、夏祭りのことなんかじゃ、もちろんない。

……爽斗くんと、仲直りがしたい。

だけど爽斗くんの部屋のカーテンは、こんなに晴れた日も丸１日、開くことはなくて。

……ずっと避けられてる。

って、こんな気分のときでも夕飯はいい匂いだ。

部屋に漂ってきたおいしそうな匂いにつられて、リビン

グに出てみると、今日の夕飯は大好物のエビフライみたい。

だけど、お母さんとあたしのふたり分にしてはやけに量が多いような……？

「もしかしてお父さん、単身赴任から帰ってくるの？」

「ううん。帰ってこないよ」

「だよね。じゃあどうしてこんなに揚げてるの？」

「エビフライ、サヤちゃんも好きでしょ？　持っていって！」

「え……っ！」

「もしかしてだけど、ケンカしちゃったんでしょ？」

なんでわかったんだろう。

さい箸を持って首をかしげるお母さんの優しい微笑みに、泣きそうになった。

「うん……」

「じゃあ、話してこないと。ずっとため息ついてるじゃない」

「でも、爽斗くんのことほんとに怒らせちゃったから……」

「大丈夫。サヤちゃんなら莉愛の話聞いてくれるでしょ。それにサヤちゃんの家、しばらくご両親が留守なのよ。だから、どのみち夕飯届けてね！」

「う、うん……」

と、預かったエビフライとその他のおかずを持って、今、とんでもない緊張の中、爽斗くんの家のインターホンを押した。

——ピンポーン……。

『……何』

う……。

インターホン越しのカメラであたしを確認した段階で、もう不機嫌だ……。

「あの、ご飯を預かってきたの」

《……。鍵(かぎ)開いてる》

「あ……うん」

ぶちっと、インターホンが切られた。

すごく怒ってる。

それくらい『大嫌い』なんて言葉で傷つけちゃったんだ。

あたしなんかが『大嫌い』だなんて何様なの。

後悔の嵐(あらし)の中、重く感じるドアノブを引いて、「おじゃましま す……」と消えそうな声で言ってから爽斗くんの家に入った。

「爽斗く」

がちゃりとリビングのドアを開けた途端、目に飛び込んできたのは。

頭にタオルを引っかけて、上半身裸(はだか)にハーフパンツ姿の、どう見てもお風呂上がりの爽斗くん……！

「ごめん……！　着替え中に入っちゃって……！」

「それ、テーブルに置いといて」

慌てるあたしには視線もくれず、爽斗くんは片手で髪を拭きながら、テレビのスイッチを入れた。

「あ……の」

「何」

鬱陶しそうに振り返る爽斗くん。

華奢（きゃしゃ）に見えたのに、予想外に線の入った腹筋に目が行ってしまって、ぱっと目をそらした。

謝りたいんだけど……。

だから、その。

「服、着ないの……？」

「暑い」

「そ、そっか」

その恰好が恥ずかしいし、そっちを見て謝れないけど、

「あの、この前はごめんなさい……！」

うつむいたまま、深く頭を下げた。

「あのとき『嫌い』とか言っちゃったのは、つい口が滑って……。ごめんね」

「……」

爽斗くんのほうから声がしない。

代わりに、炭酸飲料のペットボトルの蓋を開ける音がして。

ごくごくと飲んでいる爽斗くんにそっと目を移す。

……えと、聞いてた……？

それとも、無視してる……？

「……悪かった。ってのと、ご飯ありがと」

それは、ペットボトルをテーブルに置くのと同じタイミングで聞こえてきた言葉。

「仲直りしてくれるの？」

「……そういう言い方、いちいちウザい。こっちが謝ってんじゃん」

よそを向く、めんどくさそうな横顔。

許してくれたんだ、ってホッとしたのもつかの間。

「莉愛は結局祭り、どーなった？」

少し威圧的な声で質問された。

もしかして、また誘われると思って、けん制してるのかな。

大丈夫だよ……。爽斗くんのことを誘ったりしないから。

悲しくなりながらも言葉を返す。

「優心くんと、行くかも……」

「……ふーん」

ふいに爽斗くんがこっちに向かって歩いてきて、ドキッとした。

あたしの横を素通りして、夕飯が何か器の蓋を開けて確かめている。

なんだ。びっくりした。

あたしのほうに来たのかと思っちゃって恥ずかしい。

……ていうか、その姿……目のやり場に困るよ……。

視界の中に入るほど、すぐそこにいる爽斗くんから目を思いきりそらす。

「お風呂上がりにごめんね……！　じゃあまた……」

くるっと踵を返して、玄関に向かって足を進めたとき。

「莉愛」

呼び止められて振り向くと、眉間にシワを寄せてこっちを見ている。

だけど怒ってるんじゃなくて、どこか悲しそうな爽斗くんがそこにいた。

……な、に……？

どうしたの……？

「……優心と祭り、よかったな」

「え……。あ、うん……」

何、その、顔……。

あたしがよく胸の奥に沸くあの気持ちを抑(おさ)えるときにするのと、似たような表情をしてる。

白い歯が軽く噛んでいた唇が、薄く開く。

「また浴衣でも着てくの？」

眉根を寄せた彼に、小さく首を横に振って返すと。

「……ま、おめでとー」

心のこもってない声が、無性に切なく聞こえた。

「あり、がとう……」

おめでとうと言われたから、ありがとうと返そうって、なんとか声になったけど。

爽斗くんに浮かんでた笑顔が、ゆっくりと消えていく。

このまま泣いてしまうんじゃないかって、そんなの爽斗くんなら絶対ありえないのに、そんなこと思ってしまって、見ちゃいけない気がしたんだ。

「じゃあ、またね」

だからあたしはそう言って、玄関に向かって歩きはじめたのに。

後ろから、大きく息を吐く音が聞こえた。

爽斗くんが、いつもと違う。

なんとなく、見ちゃいけない気がする。

そう思って足を速めると。

「……待って」

ぐいっと、腕を引かれて。

「ひゃ」

バランスを崩すがまま、硬くてひんやりとした胸板に背中が当たる。

爽斗くんの両腕は後ろからあたしを包んで。

「……なんでわかんないの」

抱きしめられながら、悔しそうな声が耳元に落ちてきて、ドキドキと心臓が暴れはじめる。

「——……優心と行ってほしくないって言ってんの」

どういうこと……？　優心くんとお祭りに行ってほしくないって、どうして……？

もしかしてそれは、例えば、あたしがよく味わってる“嫉妬”の気持ちがあるから……？

だとすれば、爽斗くんは絶対嫌な気持ちでいるはずなのに。

うれしい、って思うのはあたし、おかしいよね。

だから緩みかける頬はなんとか形を保たせつつ、爽斗くんの両腕を、いつの間にかぎゅっと抱きしめてしまっていて。

「……わかった」

そう返すと、爽斗くんは喜んでくれると思ったんだけどな。

振り返って見た彼の表情は、そういうんじゃなかった。
「……ごめん」
目を伏せて、あたしの体を離した爽斗くんは、笑ってた。
なのに。全然うれしそうじゃなかった。
「……嘘。全部嘘。優心と行きたいなら、ちゃんと行ってこいよ」
嘘って……。
でもいつもみたいに、騙してる感じがしなかったよ？
嘘に見えなかったよ？
……あたし、だてに幼なじみじゃないよ。
爽斗くんのこと、少しくらいわかるよ。
理由はわからないけど、行ってほしくないのは、本当の気持ちでしょ……？
「……行かない。爽斗くんが行かないでって言うなら、あたしは絶対に行かない」
まっすぐ目を見て言ったら、今度は、爽斗くんの頬が少し緩んだ気がした。
「……莉愛って、ほんと」
ポンと頭に手が乗った。
「俺に従順すぎて、バカみたい」
やっと、その顔してくれた。
……いつもの爽斗くん。
いじわるな微笑を見て、なぜかすごくホッとしたんだ。

そうして、夏祭り当日が来た。

浴衣の彩りや連なる屋台に胸を弾ませながら、爽斗くんの隣を歩いている。

屋台からだいぶ離れた土手にたどりつき、斜面に並んで座って。

真上で弾ける大きな花火を見上げているんだけど……。

ものすごい迫力だ……。

「マンションから見るのとは全然違うね……」

――ドーン、と体に響く重低音のあと、頭上に大迫力の花火が、ばあっと咲いて、闇に火花が垂れ落ちる。

……これ、怖くない？

打ち上がるたびに反射的に身構えてしまう。

「……あのね、絶対火とか落ちてこないから」

爽斗くんは呆れてる。

「でも火花くらいは落ちてきそうな迫力だね……。ひっ」

こんな連発で打って、本当に大丈夫なの……!?

あ……生きた心地がしない。

「あーウザい。まじウザい」

隣から長いため息が聞こえてきた。

それに対して焦る暇もなく花火が打ち上がって、あたしの注意はそっちにいってしまう。

落ちてきませんように……！

祈りながら息をのむ。

……生きた、心地が……しない。

「……俺、莉愛ほどめんどくさい女、知らないんだけど」

そう言って立ち上がってしまった爽斗くんを、唖然と見上げた。
「……え？」
「どいて」と私を立たせて、せっかく場所取りしていてくれたシートを簡単にたたんでしまって、切れ長の目があたしをじろりと捉える。
「なんで片づけるの……？　ごめん！　怖くないから……」
これって途中だけどもう帰るって意味だよね？
また、怒らせちゃった……。
「突っ立ってないでこっち来なよ。後ろの人の邪魔でしょ」
ぎゅっと繋がれた手を引かれて、慌ててついていく。
「ごめん」とか「まだあそこで見よう」とか、いろいろ言っているあたしの声は全部無視みたい……。
花火もろくに見られない自分が情けなくて申し訳なくて、泣きそうになる。
真っ青なあたしは、とにかく早足の彼に手を引かれるまま歩いて、歩いて……。
「待っ……速い」
「遅い」
と言いつつも、あの爽斗くんが足を緩めてしまうほど、あたしは今ゼーハーしている。
少し前を行く爽斗くんの黒い髪が風に揺れる。
引きずられるように歩きながら、汗でじっとりした額をぬぐって、階段を上りきった。
たどりついた広い敷地は、公園のようだけど誰もいない。
ここって、土手のそばのハイキングコースの上のほうにある、見晴らし台だよね。はじめて来た。

「ここから見る花火も怖いなら病院行きなよ」

「え……？」

トンと背中を押されて、視界いっぱい、何にも遮られることなく、大きな花火が上がり、少し遅れてパーン……と音が届いた。

マンションから見るときみたいに、ビルに遮られることもなくよく見えるし、それにさっきみたいに怖くもない。

「わ……きれい……」

「やっと落ちついて見られそうですねー」

爽斗くんの嫌味っぽい口調に、あたしは90度でお礼を言う。

「わざわざ場所変えてまで……本当にありがとう」

「別に」

ふわっと夏の風が吹き渡った。

「……莉愛ってほんと世話焼けるね」

長めの前髪から覗くアーモンドアイは、優しく、細まって見えた。

とくんと、心臓が跳ねて、絡んだ視線にさらに鼓動が速くなっていく。

「……っ」

ぱっと視線をそらして花火に目を向けると、視界いっぱいにカラフルな花火が５つ一気に打ち上がった。

こんなのはじめて見た。

「きれい……。爽斗くんこんな絶景の場所知ってたんだね」

「知らなかったけど、誰かさんが超絶チキンだから。どーせ花火にビビると思って調べたよね」
「え」
「そしたら案の定。予想どおりんなったでしょ」
　呆れっぽい目があたしに向いて、どすっと頭の上に重みが加わる。
「……ね。俺すごくね？」
　そんなの、乗っかりながら言わないで……。
　ドキドキしすぎて、目が回りそうだよ。
　でもそんなふうに先を読んでくれるところが、爽斗くんらしくて、うれしくて。
「さすが……爽斗くんです。ほんとにありがとう」
「てかさ……」
　何か言おうとした爽斗くんは、まっすぐ前を向いたまま、黙ってしまった。
「……。何？」
　しばらく待ったけど、言うのやめちゃったのかな。
　そう思って夜空を見上げたとき。
「小６の夏祭りの日のこと……ごめん」
　そんな声が花火の音に混ざって聞こえた。
　あまりに予想外で、声が出なかった。
「ずっと悪いことしたって思ってた」
　彼らしくない言葉に、首を横に振る。
　たしかに小学生のころの爽斗くんは怖かったし、ひどいことばかりしてきたけど。

今は全然違う。

昔のことなんか何もかも帳消しにしてしまいそうなほど、好きだと思ってしまうくらい……彼に見え隠れする優しさみたいなものに触れていたいんだ。

だから、「今日一緒に来てくれたから、もういいよ」。

そう返すと、彼は「ほんとバカ」って小さく笑った。

それからしばらく、爽斗くんと見晴らし台から、ふたりきりで花火を眺めていた。

あまりにきれいで、うっとりしちゃう。

「こんなにきれいな花火、あたしはじめて見た……」

「てか、夜景とか花火とかっていうのはさ」

むにっと、あたしの両頬を掴んで自分のほうへ首を向けさせた爽斗くんは、わずかに口角を上げて、はるか上から目線であたしに言った。

「どんなものを見るかっていうより、“誰と一緒に見るか”で見え方も変わるもんでしょ」

「どういうこと……？」

わからなくて目をぱちぱちさせていたら。

「だから……俺と見てるから、きれいに見えんだよ」

髪をくしゃっとされて、胸の奥がきゅんと痛くなった。

「爽斗くんと来られて本当によかった……」

はにかみながら言ってしまった小さな声。

「……あ。そ」

爽斗くんはなぜか、いつもみたいにバカにすることもなく、ぱっとよそを向いてしまって、

「え、え？　あたし……」

——パーン……と花火が打ち上がる。

数歩歩いた先にある柵に肘をついた彼は、どこか落ちつかない様子で。

あたしももちろんドキドキしすぎて、全然落ちつかない。

……どうしよう。

あたしが余計なこと言ったから、一気に気まずくなっちゃったよ……。

赤く火照る頬を押さえながら、「ごめん」と言うと。

「ねー、莉愛」

爽斗くんは、こっちに来いって、あたしのほうなんか見ずに手招きしてきた。

「……うん、何？」

隣に立って下からうかがうきれいな横顔。

離れたところにある街灯のみが照らす薄暗いここで、爽斗くんは。

「……俺さ、ずっと莉愛に言いたかったことがあるんだよね」

やけに真面目なトーン。

真剣な目があたしに向いて、ドクンと心臓が跳ね上がる。

……なんだろう、この雰囲気。

どうしたの、爽斗くん……？

静かな瞳。何も言えなくなる。

あたしは、ただ彼を見つめて。

爽斗くんの背景のずっと奥に、またひとつ花火が打ち上がった。

　——パーン……。

　すると油断していた手が取られ、爽斗くんの指が絡められて、ぎゅっと力がこもった。

「……え」

　動揺。声にもならない空気が声帯を抜ける。

　なんで、手なんか繋ぐの……？

　棘っぽさの見当たらない優しい目が、あたしを見ている。

　たちまちドクドクと打ちはじめる鼓動に、爽斗くんはきっと気づいているよね？

「……これ聞いても引かないでよ？」

　念を押す爽斗くんに、小さく頷いて返した。

　爽斗くんに何を言われても引くわけないのに。

「ここって、花火がよく見えるのに誰もいないじゃん」

「うん……」

「こんなに見晴らしいいのに、なんでふたりきりなんだろーとかって思わなかった？」

「えっと……？」

　それが言いたかった話？

　首をかしげながら「誰も知らないんじゃないかな」と答えると。

　爽斗くんはあたしを引き寄せて。

「残念。不正解。正解はね——」

　ふわりと甘い香りが鼻先をかすめて、耳元に、低い声が落ちる——。

「……正解は、ここが心霊スポットだから」
それは、予期しなかった言葉……。
理解した途端、ぞくぞくぞくっと背筋が冷えた気がした。
思わず目を見開いて、口までぽかんと開けて爽斗くんを見上げると、その顔が見たかった、と言いたそうな満足した笑みが目の前にあった。
「さ、爽斗く……嘘だよね？」
かすれるような声を出せば、「ほんと」と、彼は笑う。
いや、いや、さすがの爽斗くんだってそんなことしない。
「嘘だよね？」
「ほんと」
「嘘だよー……!!!」
そこに立っている街灯も林も、何もかももう視界に入れられない。
だって絶対に、その陰に何かいるもん……！
「だからほん……」
「爽斗くんのバカぁ……！」
泣きながら爽斗くんの腕をぐいぐいと引きながら、目をぎゅっと閉じる。
爽斗くんを揺さぶりながら必死で懇願する。
「帰ろう、早く！」
「えーやだ。俺、花火見たいもん」
「マンションからも小さいけどちょっと見えるんだよ！
このままだと幽霊に引き寄せられちゃうかも……っ」
「泣きすぎかよ」

ポンと頭に手が乗って、「つーか離れろ」とはがされた。
「や……離れないー……」
涙でぐちゃぐちゃな視界になりながら爽斗くんの服を握りしめて、本気で睨んでる。
こんなの……絶対許さないから。
もう絶対絶対許さないから……！
爽斗くんが唯一(ゆいいつ)苦手な、あたしのお父さんに言いつけるから！
睨むあたしから、ふいっと視線をよそに向けた彼。
「……そもそも幽霊なんているわけないじゃん」
「なに言ってるの、そんなわけないよ……！」
「莉愛は何を根拠(こんきょ)にそんなビビんの？　実際、今んとこ出てないのに」
「これから会ったらどうするの……！」
「どーもしない」
もうだめ、全然だめ。
爽斗くんは昔からこういうの信じないんだもん。
「……あーウザい。ラスト見逃すとか、なんのために花火来てんの」
「……もう花火どころじゃないよ」
爽斗くんのＴシャツがシワだらけになりそうなほど強く握りしめて、立ってるだけで精いっぱいなほど全方向が怖いあたしを、血も涙もない彼は、べりっとはがしてしまって。
かと思えば、あたしの首すじに、彼の指が触れた。

「……すげー、脈はっや。どんだけビビッてんの？」
　指先はあたしの涙をぬぐってそれから、髪を撫でて。
　クリアになったあたしの視界には、呆れっぽく笑う爽斗くん……。
「……じゃあ怖くなくなる方法とか、試してみる？」
　その仕方なさそうな声が届いた、そのとき。
　──目が合った、その瞬間。
　後頭部を覆う大きな手に、ぐいっと引き寄せられて、甘い匂いに近づいた。
「……んっ」
　唇に温かい感触が当たる。
　驚いて目を見開くと、今度は角度を変えて、もう一度唇にキスを落とした。
　そっと優しく触れた唇が、あたしの体温をぶわっと上げてしまう。
　……何、どうして。なんで。
　チュ、とリップ音が漏れて、キスに酔わされる。
　頭がぼーっとして、くらくらする……。
　とろんとした瞼が自然とおりていく。
　ぎゅっと爽斗くんのシャツを握って、もう限界になりそうなとき、そんなあたしを知ってたかのように、自然と唇が離された。
「……は、はぁ……っ」
　熱い……。
　どうしよう、何これ。キスしちゃった……。

　両手で唇を覆ったまま、瞳だけで爽斗くんを見上げる。
　熱っぽい瞳と瞳がぶつかった。
「……何、今……なんで？」
「だから……。怖くなくなる方法って言ったよね」
　キスしたのに、どうしてそんな平然と言うの……？
　キスだよ……？　キス、だよ!?
「そ……そうだけど」
「効いたでしょ」
　たしかに効いたよ……怖くないよ。
　もし今お化けとか出てきても全然怖くないよ。
　そんなことよりドキドキしすぎて今、倒れちゃいそうだよ……。
「も……もう……。のぼせる……」
　ほんとにくらっとして、爽斗くんの胸にぽふっと顔ごと倒れ込むと、爽斗くんの胸の音が聞こえてきた。
　――ドッドッドッド……。
　何この心臓の音？　すっごい速い……。
　爽斗くんもこんなにドキドキしてくれてるってこと？
　平然そうにしてるけど、そうじゃないってこと……？
　なんで……？
「爽斗くんも、ドキドキするんだ……」
「……。莉愛ってデリカシーないよね」
　……爽斗くんに言われたくない。
「つーか何おとなしくキスされてんの？」
「それは……」

それは、爽斗くんのことが好きだから。

なんて言う勇気、全然なくて。

「……莉愛、まじで俺以外にされんなよ」

いっぱいいっぱいで、何も答えられなくなったあたしの背中に爽斗くんの両腕が回された。

温もりにうずまって、目を見開く。

も、もうキャパオーバーだから……。

キスは怖くなくなるためだとしたら、今抱きしめているのはなんのため？

心臓がおかしくなりそうで、頭に酸素も十分に回ってなさそうで、何よりもこの甘い雰囲気にのまれて、聞いてしまおうと空気を吸った、ちょうどそのとき。

「莉愛のファーストキスすごいね」

やけに上機嫌で、いじわるな声が聞こえて、思考がピタッと止まる。

「残念なことに場所は心霊スポットだし、俺なんかに奪われちゃって」

体が離されるのと同時に彼を見上げると、あたしの唇は、親指でそっと撫でられて。

「……唇（ここ）、上書きしたら許さないからね」

きれいな茶色の瞳が、長いまつげが、形のきれいな唇が、絶対服従の微笑にゆがんだ。

夜の学校って……

【莉愛side】

　ドキドキであふれた花火大会のあと、8月に入ったある日、優心くんから電話が来た。

《莉愛ちゃん、結局サヤと花火に行っちゃうんだもんなぁー》

　不服そうな声が電話越しに聞こえる。

「本当にごめんね……」

《いや、いーんだけどさー。でも俺とも夏の思い出作ろーよ？》

「思い出？」

《そうだ。莉愛ちゃん、今夜は暇？』

「うん、あいているけど……」

《俺と花火しよーよ。迎え行くからさ》

「え！　でも……ふたりで？」

《うん。この前友達と花火したんだけど、ちょっとだけ余ったから、消化するの手伝ってよ》

　優心くんに頼まれてしまって、二度連続で断るのはさすがに失礼だし、あたしは承諾（しょうだく）した。

「う……うん。あたしでよければ……」

《やったー》

　そして、優心くんがあたしのマンションに迎えに来てくれたのが夜８時。
　あたりはすっかり暗くなっている。
「この辺の公園や空き地は手持ち花火禁止のところばかりだけど、どこでする？」
「俺、いい場所知ってるからだいじょーぶ」
　街灯の下、優心くんはふわりと笑った。
「それより、サヤとの花火どうだった？」
「……っ、ゲホッ、ゴホッ」
　不意打ちの質問に、むせ込んでしまった。
　今あたしの頭の中に広がっているのは、爽斗くんとのあのキス。
　……キスなんて、なんであたしに。
「なんか急に顔赤くなってない？　……莉愛ちゃんもしかして、サヤと付き合った……？」
「っ、まさか！」
　つい大きな声が出てしまって、口を手で覆った。
　今度は落ちついて答える。
「……まさか。何も……ないよ？」
「へぇー？」
　いぶかしそうに目を細める優心くん。
　あたしのついた嘘なんか見透かされている気がして、後ろめたさに視線をそらしてしまう。
「なんかあったんでしょー？」
「ないってば……！　そ、それより花火ってどこでやるの？」

「あっち」
　花火の入った袋を握る片手が学校の方角を差した。
「……学校？」

　たどりついたのは高校の裏庭。
　夜の学校って、なかなか雰囲気がある……。
「って、校庭に入って怒られないかな」
　鍵のしまった門をまたいで侵入なんて、バレたらまずいんじゃ……。
「へーきだよ。俺がいるでしょ？」
　そう言ってのける優心くんが、少し、爽斗くんと重なって見えた。
　もちろん爽斗くんだったら、こんな愛嬌ある笑みなんて見せないだろうけど。
「莉愛ちゃん、どーかした？」
「ううん。優心くんがこんな悪いことするなんて、ちょっと爽斗くんみたいだなって思って……」
「俺って、ずっと優等生側だったもんね」
　ぽつりと声を漏らす優心くんは、表情を陰らせて、黒い空の高いところを金色に灯（とも）す月を振り仰いだ。
　……優心くん？
「どうしたの？」
「いや、なんとなくね」
　口角を持ち上げる彼を、見つめる。
　……優等生と言えば、たしかにそうかもしれない。

正直、高校に入って髪の毛を染めているのを見たとき、少し意外だったくらいだ。

優心くんの家は結構ルールに厳しいし、髪を染めるなんて怒られるんじゃないかって、ちらっと思った。

「優心くんは優等生っていうより、明るくて爽(さわ)やかで……クラスの真ん中にいるイメージだよ」

「えー何それ。うれしー」

屈託(くったく)のない笑みだって穏やかな雰囲気だって、小学生のころと全然変わらない。

「なんか思い出したら懐かしいね」

「だねー」

のんびりと隣を歩く優心くんを見て、ふと思い出した。

優心くんの家って、たしか門限にも結構厳しかったような……。

「そういえば、こんな夜に外に出ても大丈夫なの？　怒られない？」

「あー、塾(じゅく)行ってると思ってるんじゃないかな。信用されてるから疑われないと思う」

「ふふ。さすが優心くんだね」

「莉愛ちゃんこそ、口うるさい幼なじみには怒られない？」

「え？　怒られないと思うけど」

ただ、優心くんと花火を少しするだけだし……。

煙(けむり)で汚れてもお風呂に入れば部屋は汚れないし、潔癖な爽斗くんも怒らないよね？

「……ま、今日は俺の番ね」

　優しく細まる瞳に、こく、っと頷いた。

　着火してすぐ、手持ち花火から火花が噴き出した。
「わー、花火だ」
「うん、花火だよ」
　くすくすと笑う優心くんの花火とあたしのが交差して、夜闇を灯す。
　黄色い光に照らされて、優心くんの無邪気な笑顔がよく見える。
　これなら、怖いとも思わずにいられそう。
　そう思うくらい彼の声は弾んでいて、あたしまで楽しくなる。
「次これやろっか。はい、莉愛ちゃん」
「ありがとう」
　新しい手持ち花火を渡されて、火をつけている最中。
「ね、莉愛ちゃんはさ、なんでサヤを嫌いにならないの？」
「……え？」
　花火の先の紙が燃えていく。
　――シュ、っと火花が噴き出した。
「だってあんなにいじめられてたら、普通嫌いになるでしょ？　なのに部屋を行き来したり、言いなりになったり、不思議だなって思うじゃん」
　大きな線香花火のような白い炎を眺めながら、いじわるな爽斗くんを嫌いにならない理由を少し考える。
　そんなの、簡単なことだけど。

「……爽斗くんが、優しいからだよ」

　そう答えたあたしを、優心くんは、ぽかんと見ていた。

「や、優しいって……」

　優心くんは苦笑しながら、消えた花火の先を水に浸した。

「だって莉愛ちゃん、すごい嫌がらせとか悪口とか言われてるのに、なんで？　サヤのどこが優しいの？」

「例えば……爽斗くんって、放課後『一緒に帰ろう』ってあたしなんかのところに来てくれるでしょ？　たぶん、あたしがひとりぼっちだとか、心配してくれてると思うんだ」

「それは……たんにサヤが……。いや、ううん。続けて？」

「え？　えっと。爽斗くんはあたしが友達と一緒にいるときはあんまり話しかけてこないけど、あたしがひとりでいると、声かけてくれるんだ」

「莉愛ちゃんが寂しそうにしてるから、来るってこと？」

「んー……どうだろう。それはわからないけど、根が優しいからほっとけないって思ってると思う。偶然なんかじゃ説明つかないかなって……。それに、困ったときはいつも爽斗くんが来てくれるから」

　最近なら、体操着を忘れたら貸してくれたり、こっちから言わなくても、なぜか困ったときに来てくれる。

　……不思議だけど、昔からそうなんだ。

「あとね。これは誰にも言ったことないし、爽斗くんに確認したこともない話なんだけど……」

　優心くんは相槌を打ってくれて、喋るのが下手なあたしを待ってくれている。

「……小6のとき、あたしのお父さんが長期出張に行くことになってね、お母さんも働いてたし、『寂しい』って爽斗くんに弱音を吐いちゃったことがあったんだ」

シュ、っとまた新しく花火が噴き出す。

「そしたら、爽斗くんの家とあたしの家のベランダの間にある仕切り板を壊しちゃって、『面倒だからここから行き来しよ』みたいに言ってくれたけど……」

今、思えばあれって……。

「……莉愛ちゃんが寂しいって言うから、部屋を繋げたってこと？」

「……本当にそうかはわからないけどね」

この前、爽斗くんとケンカしてなかなか会えなかったときすごく寂しくて、壁の穴のおかげで寂しくなかったなって気づいて……。

それで穴を開けた日のことを思い出していたら、ハッとしたんだ。

自惚れかもしれないけど、あたしのために穴を開けてくれたんじゃないかって思ってしまったんだ。

「だから、サヤは優しい、か……」

こくりと頷くあたしを、優心くんは見ることもせず。

「……サヤのしてることが莉愛ちゃんにとって優しいって言うなら……。じゃあ俺はどうすればいんだろ」

すっと視線がこっちを向いた。

優心くんの切なそうな瞳が、あたしを捉えている。

「……え？」

最後の花火が消えた。

暗がりの中、彼の表情はもう見えない。

「……莉愛ちゃん、ほんとに優しい人がいじわるなんてすんの？」

暗がりに目を凝らして、彼の表情をうかがおうとするんだけど、よく見えない。

「……えっと」

勘違いじゃなければ、この声は……怒り？

「ねぇ莉愛ちゃん、目覚ましなよ。サヤなんて見なくていいよ」

ぐいっと腕を引かれて、

「きゃっ」

気づけば、あたしは優心くんに抱きしめられていた。

——ドクドクと心臓の音がする。

「莉愛ちゃんの世界は、もっと広いんだって。俺が教えてあげるよ」

体越しに伝わる声に、心臓が鳴って、

「——離して……っ」

思いっきり体を突き放したとき、足元にあったバケツを蹴ってしまった。

——ガシャ。

鈍い金属音がコンクリートを鳴らした、そのとき。

「そこ！　誰かいるのか!?」

遠くから聞こえた男の人の声に、ビクッと肩が跳ね上がる。

　そちらを見れば、小さく灯る懐中電灯がこちらに向けられている。
「やば……！」
「どうしよう、怒られるよね!?」
「逃げよ！」
　荷物をかき集めて、裏庭を走る。
　後ろのだいぶ先から、ザクザクと草を踏む足音が聞こえてくる。
「こら！　そこの生徒！　待ちなさい!!」
　その声に振り向いて、絶望した。
　懐中電灯を左右に揺らしながら、全速力で走ってくるのは、アメフト部顧問の鬼教師として有名な先生だ。
　遠いから顔は見えないものの、あんなにガタイのいい先生は彼しかいない。
「絶対追いつかれちゃうよ……！」
「とにかく走れ！　莉愛ちゃん！」
　手を引かれて、全速力の優心くんについていく。
「はぁっ、はぁ、も、脇腹が痛……い」
「頑張れ莉愛ちゃん！」
　って言われても、もうだめそう……！
「優心くん先に逃げて……！」
　あたしは足を止めて、痛みに顔をゆがめながら自分の脇腹に手を押し当てる。
　……痛い。
「優心くん、先生にバレたらお母さんたちに怒られちゃうから……！　逃げて」

　そう言うと優心くんは一度たじろいで、

「いや。おんぶするから、一緒に逃げよ」

　息を切らしながら、優心くんはあたしに背を向けてかがむ。

「……それじゃ、きっと追いつかれちゃう。あたし隠れてるから、とにかく逃げて、お願い」

　トンと背中を押して、優心くんに頭を下げた。

「わかった。俺が先生を誘導するから、その間に莉愛ちゃんは帰ってね」

　先に行った優心くんの背中が闇の中に消えて、あたしは茂みに隠れて、乱れた呼吸をなんとか整える。

「……っ」

　先生の足音が近づくにつれて、ドクドクと心臓が大きくなっていく。

「ったく。……どこ行った」

　……嘘でしょ。

　こんな目の前で立ち止まられるなんて……。

　夜の茂みの中とはいえ、懐中電灯を当てられたらきっとバレてしまう。

　幸い今、先生は、あたしがいるのとは真逆の方角を懐中電灯で照らしているけど。

　……こんなのは時間の問題で、絶対にバレちゃう。

　だったらもういっそ、立ち上がって謝ったほうがいいんじゃないかな。

あたしひとりで花火してたってことにすれば、優心くんも怒られなくて済む。

焦る頭でそう決めて、立ち上がろうと地面に手をついた、そのとき。

「……せんせー、こっちー！」

優心くんが進んだのとは反対側から、男子生徒の大声が聞こえてきた。

「誰だ!!　何年何組、名を名乗れー！」

先生の懐中電灯が、ぱっとそちらを向く。

目を凝らすと、その人はその場から動かず、小さなライトを右から左へと弧を描くように振っている。

まるで……おびき寄せているかのように。

……誰？　優心くん……!?

「そこから動くんじゃないぞ！」

全速力ダッシュの足音が遠ざかっていく。

ため息とともに力が抜けて、暗闇にへたり込んだ。

……優心くん大丈夫かな。

でも、進んだほうと真逆から先生をおびき寄せるなんて、どうやってあっちまで行ったんだろう？

そんな疑問を抱きながらも、夜の校舎の怖さが背筋をひやりと冷やす。

「……っ」

ぐっと唇を噛みしめて、震えながらも冷静を心がけて門の外に出た。

門の外には優心くんの姿はなかった。

あたしだけ、逃げきっちゃったのかな。

……優心くん、もしかして捕まっちゃったかな……。

いや、優心くんは足が速いし、あたしがいなければきっとまけるよね……？

不安に眉根を寄せながら、門を出てすぐのところを行ったり来たり歩いていると。

――ガシャン、

「ひっ」

背中にある門が揺れて、ビクッとしながら振り返った。

見上げる先には、金色の満月を背景に、門の上にまたがった生徒がいる。

街灯の逆光でよく見えなくて、目を凝らす。

「優心くん……？」

小首をかしげたとき。

軽くジャンプして地面に着地した、その人の顔が街灯の光に照らされて……。

……息をのむ。

「莉愛さ、かくれんぼ下手なの忘れたの？」

額に汗をかいて、息を上がらせた彼が。

眉根を寄せる、爽斗くんが。

ふっと笑った。

「ほんと……莉愛は世話を焼かすよね」

ポンと頭を叩かれた瞬間、張り詰めていた緊張感とか、怖さとかが涙に変わって、ぶわっと込み上げてくる。

「……なんで、なんでここに……？　じゃあ、さっき助けてくれたのって爽斗くんなの？」
　涙混じりの声で聞くと。
「何それ。知らねー」
　ただ歩く先を見つめて、彼は言う。
「そんなことより。莉愛が俺以外のやつと花火に行くとか、１億年早いんだよ」
「……っ、うん、ごめん」
「謝るくらいならしなきゃいいよね」
　彼の腕で、ごしごしと涙をぬぐわれた。
　鮮明(せんめい)になった視界の真ん中で眉根を寄せる彼は、あたしにとってやっぱり、誰よりも勇敢(ゆうかん)で優しいヒーローだ……。
「……助けてくれてありがとう」
「だから。助けてない、学校に忘れ物しただけ。莉愛のくせに自惚れんな」
　きっとこれ以上は、お礼を言っても怒らせるだけだよね。
「……優心くんもいたんだけど、大丈夫かな」
「あいつなら心配いらないよ」
「本当……？」
「うん。まー、めちゃくちゃ凹んでたけど」
「え……。先生にバレてないんだよね？」
「ちゃんと逃げきってたよ」
「じゃあ、なんで凹むの？」
「……だって莉愛のこと……。まぁ、知らない。さーね」
　いじわるな彼はきっと教えてはくれないんだろう。

「とにかくあいつの両親にもバレないし、大丈夫だって」

苛立った声が聞こえて、口を閉じる。

もうこれ以上は何も言わない、そう心に決めた瞬間。

「つーか、もうあいつのこと考えなくていいから。今くらい……他の男のこと考えんな」

不機嫌に尖（とが）った唇が。

――チュ、っとあたしの頬に軽く当たった。

「……え！」

頬に手を当てて動揺するあたしを映す、アーモンドアイは、いじわるく細まっていく。

「……莉愛の頭ん中にいていいのは、俺だけなんだよ」

「……っ」

それ……どういう意味？

ほっぺにキスしたのも……どうして？

……爽斗くん、わかんないよ。

教えて。

「爽斗くんは……。あたしのこと……どう思ってるの？」

震える声で、精いっぱいの勇気を出して聞いた。

でも、聞こえてくるのは、ふたりの足音だけ。

考え込むような沈黙のあと、

「……逆に俺は、莉愛のことをどー思っとけばいいの？」

爽斗くんに質問返しされて、戸惑ってしまう。

「……え、と。わかんないけど……」

言いよどむあたしに、彼は片側の口角を上げて、

「莉愛が望むとおりに思ってやるから、言ってみれば？」

　挑戦的にそう言った。

「……それって」

　例えば、あたしが『親友になって』って言えば親友って思ってもらえるの？

　極端なことを言えば、「好きになってください」って言ったら、好きになってくれるってこと？

　だとしたら……。

　そんなのは全然違う。

　あたしは、爽斗くんの本当の気持ちが欲しいんだ。

「早く言いなよ。莉愛は俺にどー思ってほしいの？」

　急かす彼に。

「ど……どう思ってほしいとか、そういうのはないよ」

　そう答えると、爽斗くんは一度大きく目を開いてから、ふっと笑いをこぼした。

「……最悪だね」

　冷ややかな視線と、絡まる。

　怒らせてしまったかもしれないって、ひやりとしたそのとき、ふいに距離を縮めた彼は、無機質な目をあたしに向ける。

「莉愛は、俺にどーも思われたくないんだ？」

　至近距離で呟かれて緊張に侵（おか）されたあたしは、吸い寄せられるように彼を見つめたまま。

　閉じていく長いまつげや、不機嫌に閉じられた唇に目を奪われて、あまりに自然と、唇を奪われていた。

「……ん」

　そして、唇が離れて見上げた先には、「莉愛ってわけわかんねー……」ときれいな顔を険しくゆがめる。
「……じゃあ、なんで避けないの？」
「え……」
　そう言われると、返事に窮してしまう。
　だって今回のキスは、明らかに避けられたんだから。
　あたしは、彼にキスされるのがわかって、キスを待っていたんだ。
　それを見透かされた気がして、頬がカッと熱くなる。
「なんでそんな赤くなんの。意味わかんない」
　眉根を寄せる彼の頬が、気のせいか赤らんで見える。
　爽斗くんは、唇を噛んで「むかつく」と声を漏らした。
「勘違いとか、ダセーことしたくないの、俺は」
　苛立った声に、ひやりとする。
　やばい……怒らせた。
　また何かあたしは、地雷を踏んだんだ。
　ごくっと唾を飲み込み、爽斗くんを見上げる瞳が動揺に揺れる。
　その瞬間、爽斗くんの怒りを宿していたはずの目は、ひるんだかのように色を変えて。
「なに怯えてんの」
　そして、気が抜けたように笑った。
「……俺が優心だったらよかったね」
　物悲しげに言った彼は、両ポケットに手を突っ込んで先を歩きはじめてしまって、慌ててあとを追いかける。

優心くんだったらよかったねって、どういうこと？

でも、もう聞ける雰囲気ではない。

爽斗くんの逆鱗に触れることは避けたい。

……けど、この沈黙はすごく気まずい。

そう思いながら、うつむいて歩いていると、爽斗くんはふと思い出したかのように喋りはじめた。

「小６のとき、俺らのクラスって“北風と太陽”の劇やったじゃん。覚えてる？」

「……うん、覚えてるよ」

「当日、旅人役の生徒が休んで、代役の莉愛が旅人の役やったんだっけ」

「う……うん。あたし……ぼろぼろだったよね」

スポットライトの熱さ、観客からのたくさんの視線。

舞台の上に立った瞬間、緊張でセリフだとか全部飛んじゃったんだ。

そんなあたしに、北風役の爽斗くんと太陽役の優心くんがセリフを全部教えてくれたっけ。

「あのとき莉愛って、北風は俺で、太陽は優心が似合うって言ったじゃん」

「言った……かな」

「間違いなく言った。悪口かよってまじでむかついたから覚えてる」

「……！　それはあたしなりの褒め言葉だったよ……？」

もごもごと言い訳をするけど、あのとき恐れていた爽斗くん相手に、悪口の意味で『北風は爽斗くんが似合う』なんて言うわけないでしょ……。

とは言えないけど、本当に、褒め言葉のつもりだったよ。

「爽斗くんが北風って言ったのは……劇の練習とか、普段の掃除とか、さぼったりする人に爽斗くんがビシッと言ったら、みんなやらなきゃって素直に思えたし……。爽斗くん自身に強い力があるみたいな感じがして」

そういうところ、すごく羨ましかったんだ。

だって、あたしなんかがいくら『練習しようよ』ってみんなを誘ったって、雑音みたいに消えるだけだったのに、そのあとに爽斗くんがビシッと一言言えば、みんな従ってくれて……って、あれ？

いつも……爽斗くんがビシッと言ったのは……あたしが雑音みたいな注意をしたあとだった……？

もしかして……あたしの声を代弁してくれていた……？

ハッとして顔を上げる。

斜め前方には、ただ前を歩く気だるげな背中。

あのころのいじめっ子な爽斗くんが、そんなことするわけないか。

いや……もし今の彼なら、困っている人の代弁をするかもしれないって思える。

だったら過去の爽斗くんだって、そうしてもおかしくはない。

……とくん、と心臓が鳴り、急いていく。

そうだ、なんで今まで気づかなかったんだろう。

“いじめっこの爽斗くん”って先入観に溺れて、彼の優しさにひとつも気づかず、小学生のころのあたしは、怯えて、泣いて……彼から逃げて。
『……莉愛、むかつくんだよ』
そう怒らせても仕方ないような、態度をとっていたんじゃないの……？
それを、確かめる間もなく、爽斗くんは話を続けた。
「話戻すけど。莉愛はあのとき、『太陽が好き』って言ってたじゃん。優しくてかっこいいって。でも……」
なぜか言葉を止めてしまって、あたしは静かに待つ。
爽斗くんは息を吐いて、その先をあまり言いたくなさそうに、咳払いをして。
「……でも。俺は太陽にはなれないから」
彼はそう言いながら、ふいにあたしを振り返った。
薄く広がる月あかりの下、ポケットに手を突っ込んで首をかしげている爽斗くんの視線があたしを貫き、ドクンと心臓が鳴る。
「……俺は北風らしく行ってい？」
その意味がわからなくて、戸惑ったそのとき。
あたしは強く腕を引かれ、彼の両腕の中に抱きしめられていた。
心臓がバクバクと鳴る音に混ざって、彼は。
「……つーか、北風らしく強引に行くって決めた。それでいいよね？　莉愛」
体を離した彼の、鋭いけど、どこか甘い視線に、わけもわからないくせに、あたしは頷いてしまっていた。

「……はい頷いちゃった。後悔すんなよ」

　くしゃりとあたしの髪を混ぜながらそう言うと、彼は先を歩いていった。

　企(たくら)むような、いじわるな笑みを残して──。

少なくとも彼の気持ち

【莉愛side】

　小鳥のさえずる、朝。

　９月、新学期の今、来る途中で偶然会った仁胡ちゃんと一緒に登校している。

「莉愛ちんと爽斗くんが……キッス！」

　仁胡ちゃんがあえてキとスの間にッを入れるから、余計に恥ずかしい。

「しっ、言わないで……」

　顔から火が出そう。

「爽斗くんって、やっぱり莉愛ちゃんのこと好きなんだね」

「そんなわけないよ……！　なんでそうなるの？」

「いや、キスって普通好きな人しかしないでしょうが！」

　その声は、決して小声ではなく。

　――バシ。

　後ろから誰かに後頭部を叩かれて、「いたっ」と頭を押さえながら振り返る。

　そこには、不機嫌にあたしを見おろす爽斗くんがいた。

「さ、さや……とく」

「……何ぺらぺら喋ってんの」

　ぶちゅっと両頬をつぶされながら、爽斗くんの視線は穏やかに仁胡ちゃんへ向かう。

「仁胡ちゃん、今の誰にも内緒ね」

優しい口調に仁胡ちゃんが呆気にとられながら頷くと、あたしの頬は解放された。

代わりに、ど真っ黒の鋭い視線があたしに突き刺さる。

「……つーか、莉愛は地べただけ見つめて黙って歩いてろ」

……っ。

仁胡ちゃんとあたしとじゃ、こんなに態度が違う。

見せしめのようで、恥ずかしいしあまりに惨め……。

悲しくなって、じわりと目の奥が熱くなっていく。

「……泣くならうつむいときなよ。目立つから」

そうアドバイスするだけして、耳にイヤホンをさすと、立ち去っていった。

「……さ、爽斗くんの態度……。好きな子にこんなこと言う……？」

「……だから、好きじゃないって……」

「うー……でも脈はあり……」

そこで仁胡ちゃんは正直に言葉を止めるんだから、客観的に見て、脈はないんだろう。

「いや、チャンスはきっとあるから！」

ほら、仁胡ちゃん言い換(か)えちゃった。

「うん……頑張るね……」

そんなふうに２学期は、半泣きからスタートを切った。

そして放課後。

「……ちょっと莉愛ちん、大変！」

お手洗いから戻ってきた仁胡ちゃんが、顔面蒼白(そうはく)であたしを手招きしている。
「どうしたの……!?」
　何か事件……!?
　弾かれたようにイスから立ち上がり、仁胡ちゃんのもとへ駆けつける。
「あの……あそこにね」
　そう指さす先、廊下の奥には人だかりができていて。
　何があるんだろう。
　みんな、壁を見上げてるよね……？
「とにかく行こう」
　仁胡ちゃんが険しい顔つきで歩きはじめて、あとを追う。
　輪の一番後ろから、みんなが注目しているところを見上げると、【藤光莉愛は二股中！　優心と爽斗を弄んでる最低の女】。
　黒いペンでそう書かれた紙が貼られている。
　ドクン、と心臓が大きく鳴った。
「……何これ」
「先生に言おう、莉愛ちん」
　仁胡ちゃんの憤った声。
　腕を何度も引かれているけど、あたしの体は動かずただ貼り紙を見つめている。
　爽斗くんと優心くんと二股って……？
　どうしよう。
　さーっと血の気が引いていくのがわかった。
　呆然と立ちつくしているうちに、生徒たちはあたしの存在に気づいて、汚いものを見るような目が向けられてしまった。

「……ちが」

「二股ってやばくない……？」

「おとなしそうな顔してやることやってんのな」

「バーカ、こういう子こそやりがちだろ」

「逆に軽いってこと？　やばー」

「ちょ、違うから！　莉愛ちんはそんなことしないから！莉愛ちん、ユーシン呼んでこよう!?」

仁胡ちゃんが必死にそう言ってくれているのに、あたしは頭が真っ白で、顔が熱くて、目の奥がじわりと痛くなる。

あたしのせいで、ふたりまで変な目で見られてしまう。

どうしよう、なんて言ったらいいんだろう。

でも、うまく思考が働かない。

うつむいて涙が浮かんできた顔を隠したとき。

あたしのすぐそばを横切った人と肩がぶつかって、ぐらっとよろけた。

「きゃ」

「……ねぇ邪魔、どいて」

その人は生徒たちの輪を乱暴にかき分けて、貼り紙を引っ掴むようにはがしてしまった。

「……爽斗くん……」

その瞬間、彼の背中が……あたしには、ヒーローのものに見えたんだ。

彼は不機嫌な顔をこちらに向けると、バンと壁を叩いた。

「誰？　こんなくだんないもん貼ったやつ。今すぐ名乗り出ろよ」

　冷ややかな声が、その場を凍りつかせて、

「名乗り出ないなら……死んでも見つけ出すまでだね」

　ぞくりとするほど、悪者っぽい顔をする。

　なぜかあたしの背筋までひやっとした……。

　爽斗くんが……怖すぎる……。

　なお不機嫌な彼は紙をビリビリと破いてしまい、窓の外から流れ込む秋の風に乗せて、紙吹雪(かみふぶき)を輪の上に降らせてしまった。

「……つーか、これをおもしろそうに眺めてるあんたらも、どーかしてるよね」

　冷たい声に、誰も何も言い返せるわけがない。

　頭に落ちてきた紙吹雪を払いながら、気まずそうに視線をそらす生徒たち。

「ねー莉愛」

「は……はい」

「こんなこと書かれて、なんで黙って泣いてんの？」

「え……だって」

「だってじゃない。身に覚えがないなら“違う”って言えばいいだろ」

「……うん」

「『うん』じゃねーよ。どーせ莉愛にそんな自己主張ができるわけないくせに」

　……う、どっちなの。

爽斗くんは輪の中を乱暴に抜けて、あたしの腕を引っ掴み、強く引いて歩いていく。

なんで爽斗くんがこんなに怒っているかって、自分の名前が書かれてしまったからだと思うけど。

怒りすぎていて、謝るのでさえ怖くて震える……。

「……ごめんね、あたしのせいで、変な目で見られちゃって」

しどろもどろだけど、とにかく謝りながら、引きずられるように小走りでついていく途中、

「ウザいからもう謝んな。つーか、誰かに泣されるくらいなら俺に言えばいいだろ」

予想外の言葉にあたしの言葉は遮られてしまい、目を瞬いた。

「……え？　え……」

「何、戸惑ってんの。この犯人は俺が絶対見つけ出す。今後こんなのあったらすぐに言えって言ってんの」

「だ、え、あ、え？」

「何語だよ」

「だって、なんで？　そんなまるで守ってくれるみたいな、そんなふうに聞こえるんだけど……」

こんなこと言ったら『自惚れんな』って言われそうだけど、弱々しく言ってしまったんだ。

すると、爽斗くんはツンと言い返した。

「……そんなんじゃない」

ほら、やっぱり……。

でも、じゃあどういう意味？

ああもう、あたしなんかが自惚れたことを言ってしまって恥ずかしい……。

「守るとか、そんなんじゃないけど。俺潔癖って言ったじゃん？」

首をかしげる爽斗くんは、あたしの手を離し、向き合う。

「他の誰かに俺の縄張り荒らされたくないんだよね」

「……どういう、意味……？」

「なんでわかんねーの？　バカなの？」

……っ、バカ、だけど……。

「でもわかりづらいよ、どういうこと？」

眉尻（まゆじり）を下げ、情けなく聞くあたしに、彼は呆れっぽく言った。

「俺以外に泣かされる莉愛なんか、見たくないんだよ」

こつんと頭を叩いて、すぎ去っていく。

頬がゆっくりと熱くなっていく。

……爽斗くんは、やっぱりいじわるで、誰よりも優しい。

そうだよね……？

「……あの、助けてくれて、ありがとう……」

こう言うと、きっと怒られる。

わかってる、だから声まで震えてる。

「助けてねーよ」

苛立った声が返ってきて、癖のように「ごめん」とうつむきかけた。

でも、ふとそれをやめてみる。

もしかして、この苛立った声って本当は。

コンタクトをしたはっきりとした視界に、爽斗くんの後ろ姿を映して。

……耳が、赤い。

もしかして……いつも爽斗くんが怒ってるのは、照れ隠しなの……？

ドキドキと心拍数が上がっていく。

「でも、ありがとう」

ごめんと言うのをやめて、お礼を繰り返したら、無視されちゃった。

でも、諦めない。

「……いつも、ありがとう」

きっと、そのまま聞こえないふりをして歩いていってしまうんだと思ってた。

でも爽斗くんは踵を返して、そのきれいな顔をそむけながらこっちに歩いてくる。

「……」

こちらに腕が伸びてきて、ごく、と息をのんだ。

――むに。

あたしの頬をつまんだ爽斗くん。

「うるさい。早く帰る支度してきて。一緒に帰んだろ？」

聞かれていても、あたしに拒否権はない。

絶対服従の視線は、どこか、照れ臭そうで……ドキドキした。

その日の夜、家で宿題をしていたら、爽斗くんが部屋に来た。

「あの紙を貼った犯人わかったよ」

　もう!?　仕事が早すぎない……？

　名探偵(めいたんてい)にもほどがある……。

「……それは……いったい誰？」

「なんとかこころっていうやつ」

　……誰？と頭を回転させてすぐに思い出した。

　爽斗くんにSNSを聞いてきた美人な子だ……。

「まぁ、つまり嫉妬だよね。俺は悪くないし謝んないけどごめん」

　……謝ってる。

　そう思いながらも言えるわけもなく、「そっか」と返す。

「電話してたら腹が立ってきて、ちょっと言いすぎたっていうか、相当なバカじゃなければ、もうしないんじゃないかな」

「何を言ったの……!?」

「はー？　それは……——」

　聞こえてくる冷静な罵倒(ばとう)は、それはそれは背筋を凍らせるもの。

　気づけば、あたしは頭を両手でかかえていた。

「ちょっと待って、そんなこと言っちゃったの……？」

　こんな言葉を言われたら、あたしなら再起不能だ。

「……さすがに言いすぎだよ」

「でもこれで二度目はないでしょ」

　たぶん、二度目はないけど、また別の問題が……。

　こころさん……大丈夫かな。
「あの……。こころさんのフォローは……爽斗くんにしかできないと思うから……」
「知らない」
「……冷たいよ、だめだよ……！」
「うるさい。北風ってのは冷たいもんじゃねーの」
　悪びれることもなく、飄々と北風という言葉を味方につける爽斗くんに、あたしなんかが何かを言い返せるわけもない。
「たしかにわんわん泣かせちゃったのは悪かったし、こころってやつには一応謝っとく」
　わんわんと泣かせたんだ……!?
　……もう。でも一応、反省の心があってよかった……。
　ホッと息を吐くと。
「ねぇ莉愛。俺、今日気づいたんだけどさ」
　何か意味深な雰囲気を感じて顔を上げる。
　目が合う。
　ドキ。
「莉愛以外の女を泣かせても全然楽しくないって言うか」
「……あ、悪口……？」
「……やっぱ莉愛の涙がいちばんいいね」
　暗黒の微笑を浮かべる彼に胸が高鳴ってしまうあたしのこれは、恋の病なのかもしれない。

きみの持っていないもの

【優心side】

莉愛ちゃんって、サヤのことが大好きだよね。

どこを好きになったの？

ずっとわからなかったことを聞いてみたら『優しいから』って、それ、おかしいよね。

……俺のほうが、ずっと優しくしてると思うけど。

ふたりきりで花火をすることになって、選んだ場所は学校。

サヤが選びそうなちょっとスリルがある場所をあえて選択して、サヤにはできないことを俺はしようとしたんだ。

真っ暗な学校でも、俺といたら、怖くないでしょ。

……だから、そんな笑ってるんでしょ。

莉愛ちゃん、サヤにはないもの、俺の中から見つけてよ。

でも結局、おいしいとこをかっさらうのはいつもサヤだよね。

先生に見つかりそうになって、莉愛ちゃんと二手に分かれて、しばらくしたころ。

俺の名前をサヤが呼んだ。

……なんで、サヤがいんの？

そうは思いながらも、「またか」と簡単に理解する自分もいる。

サヤはまた、莉愛ちゃんのことを助けに来たんだ。

サヤは本当に不器用だけど、その能力だけは昔から高いんだ。

莉愛ちゃんのピンチに誰より早く気づく才能。

それにまるで気づかなかった莉愛ちゃんが、ついに気づいちゃった。

──『困ったときはいつも爽斗くんが来てくれる』。

……俺だって、莉愛ちゃんのこと──。

『優心、先生はまいたから、裏門から逃げろよ。俺は正門に行く』

『いや、俺も正門に行くよ。莉愛ちゃん待ってると思うから』

『なに言ってんの？　あいつのこと守ったの俺だよね？』

ぐっと、唇を噛みしめた。

結局、ひとりで裏門から出て少し歩いたところで、面識のない女子生徒に声をかけられた。

『さっき……藤光莉愛ちゃんとふたりでいましたよね？』

『え、うん。莉愛ちゃんの友達？』

それにしては、一緒にいるところを見たことないけど。

『……夏祭りは爽斗くんと莉愛ちゃんが一緒に行ってたのに、なんで優心くんともふたりで過ごすんですかね』

その声が、よくない感情……例えば嫉妬だってわかったけど。

『それは莉愛ちゃんしかわからないよね』

白々（しらじら）しく、フォローもしなかった。

もしこれがもめごとになるなら、俺がそのとき救い出せたらいいや、って思いながら立ち去った。

そして、あの日の放課後、廊下いっぱい野次馬で埋まるような人だかりを見て、俺は小走りで駆け寄った。

廊下の壁に貼られていた貼り紙を読んで、それから莉愛ちゃんに視線を移した。

俺はまず、莉愛ちゃんのところに行こうとしたんだ。

呆然と見上げるその目を隠してあげようって。

そんな俺の背中は、かなり強引な力で強く押されてよろけた。

サヤだ。と、認識した直後。

『誰？　こんなくだんないもん貼ったやつ。今すぐ名乗り出ろよ』

サヤは他に見向きもせず、まっすぐに壁に手を伸ばし、紙をはぎ取った。

『名乗り出ないなら……死んでも見つけ出すまでだね』

あと一歩、遅かった。

いや、結果的になん十歩も遅かったのかも。

だって、サヤはその日のうちに犯人を見つけ出したんだから。

悔しいに決まってる。

俺が莉愛ちゃんのこと守るはずだったのに。

……貼り紙騒動から数日後。

まだまだ真夏日の延長みたいな気温なはずなのに、肌寒いような。

教室の冷房は効きすぎだし……。

ぶるっと身震いしながら冷房の効いていない廊下に出ると、莉愛ちゃんがちょうど通りかかった。
「……優心くん、おはよ」
控えめな声に対して、笑顔で返す。
「おはよー莉愛ちゃん」
「なんか……顔色悪くない？　具合悪い？」
心配そうな上目が俺に向く。
「あー、なんか寒いけど……それ以外はとくに」
「今日は結構気温高いのに寒いなんて……。あの、保健室に行ってみない？」
控えめな誘い方に、ふっと笑みがこぼれる。
……莉愛ちゃんらしい。
でも、こういう莉愛ちゃんを作ったのがサヤだって思うと、複雑だよね。
莉愛ちゃんが自分に自信がないのなんて、全部サヤがいじめたせいなのに。
……なんで。サヤがいいの？
俺にはわかんない。
莉愛ちゃんの付き添いのもと、たどりついた保健室。
「……さ、38度もあるよ。お家の人に迎えに来てもらおう？」
「来ると思う？」
「え……」
俺、何を困らせてんだろ。
莉愛ちゃんは、俺の家のことをよく知ってるもんね。

ずるいかな。

利用しちゃだめかな。

ぼーっとする頭で、俺は莉愛ちゃんに手を伸ばした。

「……一緒にいて」

両手で抱きすくめた小さな体は、とくんとくんと脈を速めていく。

「……ゆ、優心くん……あの、わかった、から」

そっと体を離されて、赤らんだ困り顔は俺を見つめている。

「……じゃあ、あたしが家まで送ろうか……？」

「そしたらサボりになるけどいいの？」

「そんなのは全然大丈夫……具合の悪い優心くん優先だよ」

平気で授業サボるのだって、はじめてじゃないからできるんだよね。

夜の学校に侵入したのだってそう。

サヤが教え込んでるんだよね。そういう悪いこと。

……俺にはできないこと。

「１分だけ、ここで待てる？　そこのベンチで座ってて」

帰宅途中、バス停のベンチに座るように言われるがまま、待つこと１分弱。

「……っ、か、買ってきたよ！」

ぜーはーと息を切らせて走ってきた莉愛ちゃんを見つけて、ぎょっとした。

「え……もしかして、あの薬局に行ってきたの？」

「うん。必要なもの買っておいたほうがいいかなって……

ごめん、待たせちゃって……」

「だったら俺も行ったのに」

「薬局、寒いでしょ……？」

にこ、と小さな笑みを控えめに向ける莉愛ちゃん。

優しいし、うれしいし、いい子だなってすごく思う。

反面、全速力ダッシュで薬局に寄って、１分で買い物をすませてくる姿も。

……サヤのせいだなって、俺は思ってしまう。

しょっちゅうパシリにされてたのに、なんで好きになんの？

あんなやつのどこがいいの？

『“北風と太陽” の太陽って優しいから好き』

そう呟いたあと、『太陽って優心くんみたい』って。

小学生のころの莉愛ちゃんの言葉、俺は忘れられないのに。

きっと莉愛ちゃんは覚えてもいないんだろうな。

部屋着になって自宅のベッドに横になると、莉愛ちゃんは布団をかけてくれた。

「ありがと……莉愛ちゃん」

頭がガンガンするけど、莉愛ちゃんがくれた薬が効いてきたらきっと治る。

でも、少しだけ。

「莉愛ちゃん、片手貸して」

「うん？」

　ベッドのそばに膝をついた莉愛ちゃん。
　ひんやりとした彼女の手を額に置いた。
「気持ちいい」
「冷却シート買ってくればよかったね……。解熱には効果ないって聞いたことあったからやめたんだけど……」
「ううん、この手がいい」
　困らせてるよね。
　だから、真っ赤なんだよね。
「ねぇ、こうしてること、サヤ怒るんじゃない？」
「……あ。うん……。でも優心くん、風邪だからほっとけない」
　だったら今だけ。少しだけ。
　莉愛ちゃんのこと独占させて。
「……だったら風邪ひいてよかった」
　そっと腕を引くと、油断していた莉愛ちゃんはぽふっと布団の上に倒れ込んだ。
「ちょ……と、優心くん……！」
「なーに？」
「何、じゃないよ……！　上に倒れちゃってごめんね、痛くなかった……!?」
　焦って跳ね起きる莉愛ちゃんを、そっと抱きすくめれば。
　眉尻を下げた火照り顔の彼女は、離れようと身をよじる。
「……っ」
　でもごめん。全然離したくない。
「寂しいからちょっとだけ、こうしてていい？」

「え……。う……うん」
「……ありがと」
　全然ちょっとじゃなかったかも。

　気がつくと眠っていて、テーブルの上には莉愛ちゃんからの置き手紙が残されていた。
　空っぽの家に空咳が響く。
「……いいなぁ、サヤは」

選ぶのはそっち

【爽斗side】

「……っ、ゲホッ、ゴホッ」

　昨日の夜から、隣の部屋で響いてる咳の音。

　……風邪もらうほど優心と一緒にいたとか、莉愛って頭おかしいの？

　カーテンは閉まっていて、つまり面会謝絶にしてるとこ悪いけど。

　――ピンポーン。

　朝いちばん問答無用にインターホンを押したら、おばさんが出てきた。

「あぁー！　ちょうどよかったサヤちゃん！」

　目を輝かせたおばさんが前のめりで俺に言う。

「今日ね、東京へ泊まりの出張で、わたし家を空けるのよ。でも莉愛が風邪ひいちゃったみたいで……申し訳ないんだけど、たまに様子うかがってもらえないかしら？」

　あいつの風邪なんて昨日の時点で把握済みだし、看病なんて……そんな当たり前のこと、わざわざ頼む必要なんてない。

「わかりました」

「ありがとう――!!!　お礼はするわ！　お土産何がいい!?」

「ん――……東京ななな」

　莉愛が好きなやつ。

「りょうかーい！　じゃあ行ってきまーす」

おばさんを見送ってすぐ、莉愛の部屋の前に立って一応ノック。

「莉愛」

「は、はい……」

「声やば」

「……う。どうぞ……」

俺はベッドに横たわって苦しんでる莉愛を、腕組みして見おろしながらの、第一声。

「……自業自得だよね」

う、と口ごもる莉愛。

「うつると悪いから……早く帰って……」

「へー、俺に指図するんだ。いつからそんなえらくなった？」

「……っ、ゴホッ……」

「薬飲んだの？」

「……まだ」

「ったく」

優心の看病なんてするから、そんな目に遭(あ)うんだよ。

「……何したら風邪なんかうつるわけ？」

イライラしながらグラスに水を注ぎ、莉愛に突き出す。

「別に、何もしてないよ……」

「家に送ったって、あいつの部屋にまで上がったとか？」

「……」

答えない。つまりYES。

ひくっと頬がひくつく。

　そこで何があったとか、聞きたくもないけど。
「まさかキスとかしてないよね？」
「してない……！」
　……よかった。
　いや、よくないけど。
　すげーむかつくけど。
「つーか、あんなに忠告（ちゅうこく）したのに、莉愛は俺の縄張り荒らしたりすんだね」
「……ごめん」
「しかも莉愛に風邪うつした本人は、昨日けろっと学校に来てたよな」
「うん。やっぱり誰かにうつすと早く治るのかなぁ」
「なわけねーだろ」
　バリッと、薬の箱の包装を破った。
「ひっ」
「これ１回２錠（じょう）」
　どす黒いオーラでも出てるのかもしんない。
　ものすごく不機嫌な俺の手から薬を受け取る莉愛の指が、震えている。
「……あ、ありがとう」
　揺れる上目。怯えすぎ。
　その顔、嫌いじゃないけどね。
「……あの、爽斗くん、学校は行かないの？」
「行ってもいいの？」
「当たり前だよ……！　行って」

「はー？　ナマイキ」

　ベッドに座っている莉愛のそばに腰をおろして、その目をじっと捉える。

　すると莉愛の頬は、じわりと赤くなった。

　唇をもぞもぞ動かす莉愛は、きっと。

「キスされるかも、とか思ってない？」

「……!?　な、ま、まさか！　思ってるわけないよ！」

「嘘が下手なんだよ」

　慌てふためく莉愛。

　ふっと片側の口角を上げて、

「……キスなんかしないよ。莉愛の風邪うつんじゃん」

「……っ、わかってるよ……」

　その顔って何？

　傷ついたみたいな顔して。

　いや、肩透かしされたみたいで恥ずかしいだけ？

　わかんないけど、なんかいい顔してんね。

「じゃあ、莉愛のお望みどおり俺は学校に行くから。早く寝なよ」

　そっと肩を押すと、莉愛はぐったりとベッドに沈み込んだ。

「薬、ありがとう……」

　布団から手を出して、「ばいばい、いってらっしゃい」と小さく手を振る莉愛。

　瞼をおろして辛（つら）そうに呼吸を繰り返す、その頬に触れる。

　熱い。

熱、高すぎない？

自業自得もいいところ。

俺の気配が離れないからか、莉愛は薄く瞼を開いた。

心細そうに眉を下げて、潤んだ目して。

……一緒にいてほしいって、言えばいいのに。

「……やっぱその熱、もらってく」

熱い唇にそっとキスをすると、莉愛は余計に赤面して、目を丸くして。

……いい顔すんじゃん。

「だ……っ、だめだよ……風邪が、ゲホッゴホッ」

がばっと布団を頭までかぶって、その中でむせている莉愛。

「まじで咳やばいじゃん」

莉愛は、まだ布団から出てこない。

仕事に行った莉愛のお母さんを尊敬するわ。

俺ならこんな莉愛を置いて、学校へなんて行けない。

「今日俺、リビングにいるから。なんかあったら呼んで」

「え!?　そんなわけにはいかないよ……」

「まじウザい。おばさんに学校休んでって頼まれたんだよ。びょーにんは黙って寝ろよ」

返事なんか聞くわけもなく、そう言って部屋をあとにした。

それから数時間。

そろそろお昼だけど、莉愛は何なら食べられんのかな。

——トントン。
ノックしても返事はない。
まだ寝てるなら寝かせておこう。
と、思った直後。
もしも、気を失っていたら。
もしも、ベッドから落ちて頭を強打していたら。
もしも、扉の目の前で息絶えるように倒れていたら。
あらゆるよくない妄想(もうそう)にさーっと血の気が引いて。
気づけば俺はドアノブを乱暴に引いていた。
「……莉愛っ！」
部屋に飛び込むと。
莉愛はちゃんとベッドの中で肩まで布団をかけて、気持ちよさそうに眠っている。
あ……。
よかった。
空っぽになった飲み物を回収して、莉愛の額に手を置く。
……まだ熱が高い。
すると、「んんー……」と眉根を寄せて、莉愛がうなされはじめた。
「……爽斗く、ん……」
何度も、うわごとみたいに俺の名前を呼ぶ莉愛。
もっとかわいく言うならドキッとするのにさ。
なんでうなされながら俺の名前を呼んでんだよ。
悪夢に登場させてんじゃねーよ。
白けながらも俺は莉愛の体を揺さぶる。

「莉愛、起きろ。うなされてるよ」

　ハッとしたように目を開いた莉愛は、俺を見て飛び起きた。

「……っ！　爽斗くん！」

「どんな悪夢見てたの」

「……すごく、嫌な夢……」

「へー……」

　そんな夢に俺を出すその潜在意識、どーにかしたら？

「まぁいいや。コップとか下げるから、昼飯、何食べたいか決めといて」

　そう言って踵を返した直後。

　がばっと両手が俺の腰に回った。

「わっ！」

　思わず短い声が出てしまい、しがみついた莉愛をぎょっとしながら見おろす。

　……莉愛が、号泣してる。

「は……はぁ？　どうした？」

「……行かないで」

　ぐずぐずと泣いている莉愛は、まるでガキのころと同じ。

　熱で頭が回ってない、とか？

　左胸がドクドクと波を打つ。

「行かないから……今すぐ離して」

　赤面していく自分を、この号泣女に悟られたくないから顔をそむけた。

「莉愛……どんな夢見たの」

「爽斗くんと絶交する夢」
「小学生かよ」
　絶交って単語を聞いたの数年ぶりなんだけど。
　俺は莉愛の隣に腰をおろして、ぐずぐずの顔を呆れっぽく眺める。
　そんなに俺が離れんのが嫌なの？
　その謎の執着心だけは、褒めてあげる。
　熱い額にかかる前髪を払い、手のひらをひんやりと貼りつけながら。
　愛しくてたまんない泣き顔に、俺は言う。
「俺が莉愛から離れるわけないじゃん」
「……え？」
「言っただろ。俺が莉愛から離れるとすれば、それは……莉愛に彼氏ができたときだって」
「……うん」
　ピタッと涙を止めて俺を見上げる莉愛。
　……今、優心のことが頭によぎってんでしょ。
　ぐっと、奥歯を噛みしめた。
「……その日が来たら、莉愛のことなんか華麗に捨ててやるよ」
　自分で言いながら、胸がえぐられるように痛い。
　莉愛のほうなんか、もう見られない。
　でも、泣いてるのだけはわかる。
　バカ、莉愛が泣く意味わかんない。
「その日までは、俺のそばにいとけばいいでしょ」

もう寝ろとばかりに、肩を押して布団に沈めた。

かきむしりたいくらい胸が苦しくなる。

……なんで泣いてんの。

莉愛が泣く必要ないってわかんない？

「いつか、俺と離れる日を決めるのは、莉愛のほうだよ」

それだけ言って、俺は部屋を出た。

ふたりきりの用務室

【莉愛side】

『……その日が来たら、莉愛のことなんか華麗に捨ててやるよ』

そう言われてから、もう１週間以上たつというのに、今でも耳に残っているみたいに、たびたびあたしの胸を締めつける。

『いつか、俺と離れる日を決めるのは、莉愛のほうだよ』

どうして、あたしのほうなんだろう。

爽斗くんに彼女ができた場合だって同じなのに。

幼なじみっていうあたしたちの関係は思ったよりずっと脆(もろ)いんだって、爽斗くんに言われてやっと気づいた。

「莉愛、遅い。置いてくね」

「……待って」

あたしの部屋を経由して玄関に出て、登校する。

そんな彼に、いつか突然関係を断ち切られるんだろうか。

そうなったら、あたしは、どんなふうに生きていくんだろう。

そんなの悲しくて、想像もしたくない。

だけど、少なくとも爽斗くんにとっては、そうなったって平気で。

あたしは、彼にとってその程度の相手、ということ。

歩くスピードが、遅くなっていく。

あたしと爽斗くんの背中との、距離が開いて。

このまま、はぐれてしまっても、爽斗くんは気にも留めずに学校に行くだろう。

そう思ったとき、ぴたりと爽斗くんの足が止まり、ポケットに手を突っ込んだ彼はそのまま振り返って口を開いた。

「そういえば、莉愛のクラスの文化祭のチケット、もらってないんだけど」

「へ？」

文化祭？

あ、そっか。もうすぐ文化祭だもんね。

他のクラスの友達にチケットを配るというのがこの高校では慣例のようで、みんな自分のクラスのチケットをひとり４枚ずつ持っている。

でもあたしはとくに配る相手もいなくて、でも捨てるのも申し訳ないし……と、じつは困っていたんだけど。

「どーせ配る相手いないんでしょ。莉愛、仁胡ちゃんしか友達いないもんね」

憎まれ口を叩かれて、でも事実だから「うん」と頷く。

「だったら、ちょうだい」

その手のひらがこっちに向けられて、心臓がとくんと高鳴ってしまう。

「うん……爽斗くんに全部あげる」

泣きそうになるほどうれしくて、カバンから取り出した４枚のチケット全部を彼の手に乗せてしまった。

「……こんなにいらないんだけど」

ふっと、呆れっぽく笑い声を漏らして、それからくすくすと肩を揺らす彼を、あたしは見惚れるように見上げている。

こんなにいらないなんて言っていたのに、爽斗くんってば……。

「ちゃんと全部受け取ってくれるんだ……」

「そっちが押しつけるからでしょ」

「……ありがとう」

ついこぼれてしまう声に、爽斗くんは「はー？」と首をかしげて、それからあたしの頭にカサリと何かを乗せた。

手を伸ばして受け取ったそれは、爽斗くんのクラスのチケット。２枚分だ。

「ありがとう……！」

うれしくて目を輝かせるあたしを、爽斗くんは片頬を上げて笑う。

「受け取ったな？」

「え？」

「渡したい友達いっぱいいるのに莉愛が欲しそうにするから、しゃーなしあげる。だし、絶対に来なよ？」

——がし、と頭が掴まれて、にやりとはるか上から笑う彼は、あたしと向き合う。

「俺が、莉愛だけは“特別に”もてなしてあげるから」

ドックン、と心臓が鳴ったと同時に、冴(さ)えたあたしはチケットを確認した。

——お化け屋敷。

「……えっ!!　爽斗くんのクラスって……お化け屋敷をやるの……!?」
「うん。莉愛が来るの、楽しみにしてるね」
　満足そうに目を細める彼。
　……いじわるな笑みだ。
　あたしは、行きたくないと言えるわけもなく。
「た……たの、しみ……」
　と笑うのでした。

　そうして、文化祭準備の日。
　隣の教室は、おどろおどろしい血のりをとばした看板を廊下で作っている。
　真っ黒の布で覆われた窓や机を見て、異色の雰囲気にドキドキしながらその教室の前を通りすぎた。
「……ペンキは、赤と、黄色。穴開けパンチ、ホチキスの針と、透明テープ……」
　さっきクラスメイトに頼まれたものを忘れないように呟きながら、文化祭に必要なものが準備されているという用務室へと急ぐ。
　その途中、頭に衝撃が走った。
　――ドカッ。
「痛っ」
「何してんの。サボり？」
　頭に重さがのったまま聞こえる、その声は、爽斗くんだ。
　こんな勢いよく頭叩かれたら知識が頭からこぼれ落ち

ちゃうから。

「赤、黄色のペンキと、穴開けパンチ、ホチキスの針、それと……」

ほら忘れちゃった……！

ハッとして両頬を覆い絶望しているあたしを見て、爽斗くんはぷっと噴き出した。

そして、くつくつと肩を震わせながら、「莉愛ってサイコー……っ」とツボに入ったように笑っている。

「……もう一度聞いてくる」

「透明テープでしょ」

そう言って爽斗くんは、あたしの先を歩きはじめた。

「……っ！　そう、透明テープだ……。どうしてわかったの？」

「寂しいひとり言が聞こえたから」

「あ……そっか」

恥ずかしい……。

「ペンキとか結構重いのに、簡単にパシられてんなよ。莉愛、衣装係じゃなかったの？」

「それは……優心くんの採寸をしようとしたら、代わってほしいって女子生徒に頼まれちゃって。すごい人気だよね、優心くん」

「……。なんでそこで平気で代わるかな」

「え？　だって、頼まれたから……」

それに、誰かの恋に、できるだけ協力したいって思うのは普通でしょ？

「莉愛はいつも言われるがまま、意思がない。消極的すぎ。今のままじゃ一生彼氏できないね」

「う……」

なんか、すごくけなされた……。

「……もっと積極的になれば？」

「積極的に……」

「まー無理だろうけど。莉愛は莉愛だから、莉愛なんだしね」

……どういう、意味だろう。

褒められてないのだけは、わかるけど。

爽斗くんはガラガラと扉を引いて、用務室に入った。

……爽斗くんも、ここに用事だったんだ。

ふたりきりの用務室で、必要なものを探す。

「ホチキスの針と穴開けパンチと、透明テープあったよ」

「ありがとう。あたしのクラスの分まで探してくれたの？」

「は？」

「爽斗くんは何を探してる？　あたしも手伝うね」

「……」

「爽斗くん？　何を取りに来たの？」

爽斗くんは視線をそらして、後ろ首をかいて。

それから、赤らんだ顔に睨まれた。

「……うるさい」

「え!?」

「早くペンキ探しなよ」

ふいっと後ろを向いた彼は、他に何を探すそぶりもしない。

あ。ペンキ見つけた。

見つけたペンキをひとつ手に取ってみると、たしかにふたつ分は結構重い。

『ペンキとか結構重いのに、簡単にパシられてんなよ』

さっき呆れっぽく言っていた言葉を思い出した。

それから黙り込んでいる彼に目を向けて、ハッとする。

「もしかして爽斗くん……わざわざ、あたしのこと手伝いに来てくれたの……？」

「……は？　そんなわけないだろ」

「じゃあ、どうして」

爽斗くんを正面から見上げた瞬間、どきりとした。

だって、爽斗くんのこんなに火照った顔とか、唇を噛んだ顔とか見たことない表情だったから……。

「黙れよ」

赤らんだ顔を腕で隠す彼は、あたしの肩を押した。

「ひゃ」

よろけてガコンと机に缶(かん)をぶつけた瞬間、缶の蓋が少し開いてしまったらしく、蓋のまわりに黄色が広がっていた。

「あ」

「こぼれなくてよかった……」

きゅっと、缶の蓋をきつく閉め直して、再び爽斗くんに向き合う。

「セーフだった」

こぼれなくてよかったと、にこにこしたあたし。

たいして、なんだか不服そうな彼。

「……なんなの、莉愛」

むに、っと頬がつねられて、指が離れる。

「押してごめん」

「え!?」

「は?」

「いや……ううん。いいよ」

正直びっくりした。

「爽斗くんがあたしに謝るなんて……」

「普通、なんかしたら謝るもんでしょ」

「最近までそんなことなかったような……」

「うるさいよ。俺も変わんの」

「……そっか」

「ガキのころから変わんないのは、泣き虫莉愛だけ」

こういうふうに憎まれ口を叩くところ、爽斗くんも全然変わってないけど……。

とは、言えるわけもなく言葉をのみ込んだ。

だけど爽斗くんはたしかに、小学生のころからしたら、すごく変わったし、これからも大人になるにつれてどんどん変わっていくんだろう。

……そのとき、あたしは、彼のそばにいられるかな。

いや、そんなわけない。

この関係が、いつまでも続くわけないんだ。

むしろ、あたしなんかと爽斗くんが今まで一緒にいられたことのほうが奇跡(きせき)なんだと思う。

自然と床へと視線が落ちていく。

「なんか寂しそうな顔してんのは、なんで？」

爽斗くんに顔を覗き込まれて、びっくりした。

「……ううん。あたしも、もっと変わらないとだめだよね。爽斗くんがいなくても、平気にならないと」

「……俺がいなくても、って、何？」

鋭い瞳に射抜かれて、ぎくりとする。

「違うよっ！　爽斗くんと縁を切るとかって意味じゃないよ……！　あたしが根暗で消極的で何もできないだめな人だから、今までは爽斗くんに助けてもらってたと思うの。でもそんな自分じゃだめだなって。爽斗くんなしでもしっかりと……」

目を泳がせながら、必死で演説している途中。

「俺なしでも、しっかり生きたいわけだ？　で、そのためにその根暗な性格を変えようと。そんな身のほど知らずなこと思ってんだ」

彼は不服そうにあたしの話を要約してしまう。

うう、怖い……。

すると爽斗くんは、あたしの頬に手を添えた。

ふわりと、優しく。

「ねー、莉愛」

でもその声は、背筋を凍らせるほどの冷ややかなもの。

目と鼻の先で爽斗くんは首をかしげ、その黒髪がさらりと揺れる。

「莉愛は泣き虫で消極的で、人の意見に流されてばっかりで従順な……俺だけのいじめられっ子で――」

透き通るような瞳に、息をのんだ。
「――……それの何が悪いの？」
「え……」
「泣き虫で消極的で人の意見に流されてばっかりの性格だと、人でも殺すわけ？」
「え!?」
「答えろよ」
さっきまで優しく触れていたはずの頬が。
ガシッと掴まれた。
「こ……殺しません」
「小さいころから、そこらじゅうで刷り込みみたいに“明るい挨拶”だの“はきはき喋りましょう”だのうるせーんだよ。明るいやつが正しいの？　こんなの洗脳(せんのう)なんだよ」
「……へ」
不機嫌な瞳が、急に、穏やかになっていく。
「別に、そのままでいいじゃん。それが莉愛なんだから」
とくん、と恐怖を忘れた心臓が温かく鳴った。
……じんわりと目の奥が熱くなっていく。
そのままでいいって、爽斗くんに受け入れてもらったうれしさに、やっぱり泣きそうだ。
涙目をこすろうとしたとき。
「待て」
手をぎゅっと掴まれて、頬にぽたりと涙がこぼれた。
「手にペンキついてる」
「あ、本当だ……ありがとう」

「また泣いてる……ほんと泣き虫」

ふっと口角を持ち上げる彼にドキッとして一歩下がると、床に積まれた物に躓いて転びそうになった。

「ひゃっ」

「あぶな。ちゃんと足元見ろよ」

あたしの体を抱き留めた彼は呆れっぽく言う。

「それと……ペンキついたままの手で俺にさわんな」

──ぎゅ、あたしの両手首を縛るように、爽斗くんが片手で握った。

そして彼は、あたしを壁に押しつける。

「さっ。爽斗く……ん」

──トン、背中に壁の感触が当たって見上げる視界には、表情なんてないのに、優しく見える彼があたしを見おろしている。

途端にドクドクとなる心臓。

何もかもが自然の流れのように、あたしたちは。

瞼をおろし、キスをした。

手を拘束されたまま、こつんと額を寄せ合って小さな声で彼は言う。

「触れない優しさみたいなもの、俺は持ってないから」

「ん」

チュ、と頬に触れるキスが。

彼の紡ぐ言葉が。

ドクドクと心拍数を上げていく。

「地味だけど、莉愛の性格って……嫌いじゃない」

ふいに、ぱっと手首が軽くなった。

爽斗くんがくるりと踵を返す瞬間、赤らんだ頬と耳が一瞬見えた。

「じゃーね」

ペンキを２缶を手に取った彼は、用務室を出ていってしまって。

残されたあたしはへなへなと、床にくずれ落ちた。

ドキドキと鳴る心臓と、熱い体。

……爽斗くんが触れたところが熱い。

それと、心の奥のところ。

『地味だけど、莉愛の性格って……嫌いじゃない』

胸に手を当てて、一生忘れたくないって思った。

チャイムが鳴り響いて、ハッとする。

早く教室に必要なものを持っていかないと。

「あ……あれ？　ホチキスの針と穴開けパンチと……」

あとは、なんだっけ……。

おかしいな、頼まれたもの５つすべてテーブルに並べて置いたはずなのに、このふたつしかないなんて……。

でも爽斗くんは、明らかにペンキしか持っていっていなかったし……。

うう、思い出せない。

とりあえずふたつを教室に届けてから、聞き直して、また用務室まで来よう。

はぁ……どうしてこんなにポンコツなんだろう、あたし。

頼まれたものを忘れちゃうくらい、ドキドキでいっぱいにさせないでよ……爽斗くん。

――『別に、そのままでいいじゃん。それが莉愛なんだから』。

きゅうんと胸が痛くなって、たまらなくて、思いっきり廊下を走った。

爽斗くんの後ろ姿を見つけて、気恥ずかしくなって彼を追い越そうとしたとき。

「透明テープ」

と自分のポケットから悠々(ゆうゆう)と取り出して見せた彼は、いじわるく横目を向けて。

「案の定、忘れたんだね」

と笑う。

「い……いじわる……」

赤面してうつむきながらテープを受け取ったあたしを、彼はくすくすと笑っていた。

Chapter 4

ドキドキの文化祭

【莉愛side】

そして、文化祭当日が来た。

うちのクラスは喫茶店(きっさてん)をするんだけど、全員がシフト制でウエイトレス、ウエイターを一度はしなければならない。

着替えを済ませた仁胡ちゃんはメイクもいつもより華やかで、メイド服もとってもよく似合ってる。

学校の決まりで、メイド服はロング丈で、短いよりはずっといいんだけど。

あたしには全然似合っていない。

「……は、恥ずかしくて、外なんて歩けないよ」

「なに言ってるの莉愛ちん。かわいいよ？　行こ！」

仁胡ちゃんの口調は楽しそうなのに、ぐずぐずして水を差すわけにはいかない。

だから勇気を振り絞って廊下に出ようとしたとき。

「莉愛ちゃん、仁胡ちゃん！　これ、みんなで髪につけようよー！」

そう言って手渡されたのは、メイド服と同じネイビーのリボン。

ベルベットのリボンで髪を結んで、余計にあたしらしくなくて、恥ずかしすぎる……。

でも、みんなでしてるんだから、楽しまないといけないよね。

「用意してくれてありがとう」
「いーえ、みんなで写真撮ろー！」
　え、写真まで……。
　すみっこで控えめに写真を撮ってから、ようやく廊下に出た。
「ねー、莉愛ちん、爽斗くんのとこのお化け屋敷、楽しみだね！」
「本当に仁胡ちゃんも入ってくれるの？」
　仁胡ちゃんはあたしとは違って他にも友達がいるのに、一緒に回りたいと言ってくれたんだ。
「もちろん！　莉愛ちんの恋バナの続きをこの目で見たいしねぇー」
「え！」
「進展あるといいね！」
　仁胡ちゃんは屈託なく笑う。
　それを見ていたら、いつの間にかあたしも笑っていて。
「仁胡ちゃんといると、すごく楽しい」
「んもう。わたしも莉愛ちんの隣、めっちゃ癒されてるよ。マイナスイオン出てるもん」
「そんなわけ……」
　こんなネガティブの塊のあたしから、そんなものが到底出るはずがない。
「ほんと。莉愛ちんが笑っただけで癒されちゃうよ。もー、自信を持ってよ！」
　ポン、と背中を叩かれてしまった。

仁胡ちゃんって、本当に優しいなぁ……。

そして、それは教室につく直前。

ばったりと爽斗くんと出くわしてしまった。

「……何、その恰好」

どきりと心臓が動き、ヒヤッとした。

よみがえる小６の夏祭りの記憶。

これからどんなひどい罵声(ばせい)を浴びせられるのかと、瞬間的に身構えてしまう。

すると、爽斗くんはあたしに向かって言った。

「……３点」

さん、てん……。

「……それは、あたしの恰好の点数……？」

こくっと顎を引く爽斗くん。

３という数字には、あたしが取った数学の点数より低い。きっと、そういう意味がきっと込められているんだろう。

瞬時にそう判断したあたしは、「へへ……」と笑ってからうつむいた。

似合ってないのは、わかってたけど……恥ずかしくて消えたい。

「ちょっと爽斗くん！　どこが３点なのよ!?　こんなにかわい、ムグッ」

仁胡ちゃんの唇を片手で覆った彼は、淡々と言う。

「仁胡ちゃん、人の話は最後まで聞いたほうがいいよ」

ぱっと仁胡ちゃんから離れた爽斗くんは、あたしの耳もとで小さな声で続けた。

「……──」

　聞こえてきた言葉に、どくりと、心臓が高鳴る。

「それって……」

　爽斗くんと視線が絡まって、息をのんだ。

　その視線がちらりと仁胡ちゃんを差して、それからあたしに戻ってくる。

「……あいつに言うなよ」

　間違っても仁胡ちゃんに言うなと鋭い視線がそうあたしに告げ、コクコクと頷くまでが平常運転。

「だから、おとなしくうつむいて歩いてろ」

　彼はそう吐き捨てて、自分の友達の輪へと入っていった。

　──ドクドクドクドク。

　赤面して固まるあたしを変に思った仁胡ちゃんに、「なんて言われたの!?」と興奮気味に言われてしまったけど。

「……な……内緒に、してもいい？」

「えぇぇぇぇー!!」

　恥ずかしくて、絶対に言えなかった。

　彼が言った言葉が反芻される。

　──『２点満点中の、３点。誰かに見せんの、ちょっと惜しいかもね』。

　──『だから、おとなしくうつむいて歩いてろ』

　爽斗くんの言葉を思い出しては、悶絶(もんぜつ)したくなるような衝動を抑え、ウエイトレスの仕事に集中する。

　だけどあたしときたら、お客さんに「いらっしゃいませ、ご注文は何にしますか？」と言うのですら、少し怖い。

　接客業に向いてなさすぎる……。
「お！　きみかわいいねー！　名前なんていうの？」
「え……えっと、藤光莉愛です……。ご注文は……？」
「莉愛ちゃんが欲し～」
　こういうノリが、この世界のどこかで流行っているのだろうか。
　このやりとりはもう４組目になる。
　『俺が代わるよ』と優心くんが助けてくれたのは最初の２組。
　その後、優心くんはシフトを終えて、心配そうにしながら友達に引きずられるように教室をあとにした。
　３組目は、時間はかかったけどなんとか自分で接客をすませられた。
　でもこの４組目の他校の制服を身にまとった男子生徒たちは、なかなかしぶといし、それに見た目の威圧感が半端じゃない……。
　人を見た目で判断しちゃいけない。
　落ちついて、金髪の生徒に声をかける。
「……えっと、ご注文は、何にしますか」
「じゃあ莉愛ちゃんのオススメは？」
「えっと……」
「さっきからその、えっと……ってのかわいいよね！」
「えっとー！」
「えっと……って！」
　あたしの口癖を口々に真似されて、恥ずかしいどころではない。
　赤面して、唇を噛んだ。
　他の生徒は接客なんて簡単に済ませているのに、あたしばかりうまくいかない。
　情けなくて、泣きたくなる。
　でも泣いたら、お客さんに失礼だし、お客様は神様なんていうし……。
「……ご注文は、どれにしますか。オススメはAセットです」
　震える声でそう伝えると、
「一番高いやつじゃん。莉愛ちゃんが一緒に食べてくれるならみんなそれでいいよー？」
「えっと、仕事中だから……」
「出た、"えっと"！　かわいい〜」
「……っ」
　今度こそ涙腺が緩みはじめる。
　次の瞬間、目の前を何かが覆って、そのまま後ろへ倒れ込んだ。
　鼻先をかすめる大好きな甘い香り。
　背中に当たる、しっかりした体。
　あたしの目を覆い隠す腕は、爽斗くんのものだ。
「……あんたら、今すぐ帰れよ」
　爽斗くんの手が、わなわなと震えている。
　たぶん、昔なら、机を蹴飛ばしていたと思う。
「誰に許可とって莉愛をいじめてんだよ」
「はぁ？　何それ。お前何様だよ」

「お前こそ何様だよ」

爽斗くんの静かな声は、他のテーブルのお客さんを配慮したものなんだと思う。

でも、相手は違う。

「はー？　表に出ろよ！」

興奮した声に、ビクリとしてしまった。

これ、ケンカ……だよね？

どうしよう……！

「暴力で解決すんの？　頭悪そ」

でも、爽斗くんはケロッとそう言ってしまって、隠された視界の中でヒヤヒヤしてしまう。

案の定返ってくるのは、苛立った怒鳴り声。

「おい、こら!!」

「その声やめてくんない？　他の人が見てるよ。恥ずかしくないの？」

冷静な爽斗くんの声。でも、彼らの耳に届くことはないみたいだ。

バクバクとあたしの心臓が鳴っている。

どうしよう……。こんなことになるなんて。

爽斗くんがもしこんなところでケンカをしてしまったら、どうしよう。

小さいころたびたび見た、爽斗くんのケンカの光景が目に浮かぶようで、さーっと血の気が引いていく。

だめ。絶対に止めなきゃ……。

「うるっせえ、お前こっち来いや！」

ヒートアップした金髪の男子の怒声と同時に、あたしの体はなぜか勝手に動いて、気づけば、爽斗くんの腕を思いきり振り払っていた。

がばっと、爽斗くんの前に立ちはだかって、不良たちの険しい顔と対峙する。

「……っ」

ドクンドクンとバカみたいに心臓が鳴っている。

「……ご」

声が、出ない。

……勇気を振り絞って。

「ご注文は……っ、何にしますか……」

涙をポロポロ流して見上げると、不良たちは数回目を瞬かせると、「……いらねーよ」と舌打ちして、バツが悪そうに店を出ていった。

騒然とした教室で、遅れてあたしに視線が集まってくる。

別に、誰かが何かを言ってるわけじゃない。

だけど。

……あちこちからの視線を感じて、深くうつむいた。

このクラスで、お客さんを出ていかせるなんて、そんな失態をおかしたのは、あたしだけだ……。

「……ップ」

水を打ったように静まり返った教室で、爽斗くんが噴き出してしまった。

「……女の武器ってすげー」

堪えきれなかった、みたいに笑っているせいだろうか。

教室の空気もなんだか穏やかになって、みんなぽつぽつとそれぞれの会話を再開したみたい……。

急にホッとして、ため息がこぼれてしまう。

「助けてくれて、ありがとう……」

「逆じゃん。はじめて莉愛に助けてもらったみたいで、なんか悔しんだけど」

そんなこと言っているけど、小学生のころケンカばかりして、次第に頂点に上り詰めたおそるべき元ガキ大将の彼が、さっきの不良に負ける気は正直しなかった。

でも、本当に爽斗くんは変わったんだ。

暴力をふるう気なんて、きっとなかったんだろうな。

……かっこよかった……。

「……さっきの、本当にありがとう」

伝えると、ふいっと顔をそむけて「何それ」とシラをきる彼。

そして爽斗くんは、たった今、空けてしまった席にしれっと腰をおろした。

「え？」

「……さっきの客より俺のがマシだろ。Aセットください」

「……！　は、はい。かしこまりました」

あたしが空けてしまったテーブルを埋めてくれたんじゃないかって、そう思うのは、少し図々しすぎるかもしれないけど……。

……それでもやっぱり、彼が座ってくれたこと、泣きそうなほどうれしかった。

オーダーをとって調理担当のところまで戻ると、「大変だったね」「怖くて行けなくてごめんね」と女子たちにねぎらわれたのち、爽斗くんについて興奮気味に聞かれた。
「やっぱふたりって付き合ってるの？」
「ううん……まさか」
「そうなんだ。さっきの爽斗くんかっこよかったね。莉愛ちゃん、好きになっちゃうでしょ！」
「そんな……ことは……」
「あれぇー？　何してんの？　コーラ追加買ってきたよ〜」
すると、仁胡ちゃんが教室に戻ってきた。
「どしたの莉愛ちん？　泣いた？」
「あ、これは、ちょっと」
「何があったの？　大丈夫？」
「おーい仁胡ちゃん、莉愛ちゃん。お客さん入ったからオーダーお願い」
「はーい！　とにかく莉愛ちん、無理しなくていいし、なんかあったら言ってよ？」
「うん。仁胡ちゃんもね」
「おう！」
仁胡ちゃんの思いやりに、また涙腺が緩みかけるなんて、板についた泣き虫だ。

そうして、喫茶店の当番を終えて、仁胡ちゃんとふたりでやってきたのは、お隣のクラス……。
「莉愛ちん？　怖いのはわかるんだけど、並ばないとお化け屋敷に入れないよ？」
「そうだよね。うん。入ろう、並ぼう」
　今あたしがプルプルと小刻みに震えているのは、爽斗くんの特別なおもてなしが怖すぎるから。
　絶対に容赦ないこと、あたしはわかってる……。
　下手したら、遊園地のお化け屋敷よりも怖いんじゃないかな……。
「仁胡ちゃんにも迷惑かけたらごめんね……」
「わたしは怖いほうがいいもん！　楽しみーっ」
　喜んでるけど、仁胡ちゃんが想像しているレベルですむのかな……。急に不安だ。
　るんるんとご機嫌に並ぶ仁胡ちゃんのそばで、一度、深呼吸。
　よし……。何かあったら、あたしが、助ける。
　そう決意したとき。
　――トン。
「ッ!!」
　突然肩を叩かれて思いっきりビクッとしてしまった。
「お久しぶりぃー、藤光さん！」
　なんとそこにいたのは……以前、爽斗くんにラブレターを渡した蘭子さんだ……。
「藤光さんと、そのお友達さん。あたしも一緒に入ってもいい？」
　きらきらとした笑顔で聞かれて、「うん」と頷きかけて仁胡ちゃんに確認する。

すると「いいよー」と、ふたつ返事だ。

「やったー♪」

でも……どうしてあたしたちと一緒に入りたいんだろう。

「爽斗くんって人見知りじゃん？　噂だと藤光さんと一緒のときは人見知りが溶けるって聞いて！　それにお化け屋敷って、吊り橋効果ありそうじゃん！」

「……？　人見知り？」

そんなことないと思うけど。首をひねるあたしの横で、仁胡ちゃんはポンと手を叩いた。

「あー、彼って人見知りだったんだ。なるほどー」

なぜか、うんうんと納得している。

人見知りだと思ったことなんかないけどな。

でも、あたしの知らない爽斗くんもいて当たり前だよね。

「って！　あなた爽斗くんのこと好きなの!?」

仁胡ちゃんはそう蘭子さんに聞きながら、目を見開いている。

「うん！　ね。藤光さん」

「……うん」

「え……でも莉愛ちんも……」

仁胡ちゃんの小さな声は、たぶん隣にいるあたしにしか聞こえていない。

眉根を寄せてあたしを見る仁胡ちゃんに、小さく首を振った。

「お化け屋敷って言ったら、怖がったほうがポイント高いのかな」

　そう声を弾ませる蘭子さんは本当に爽斗くんが好きで、だからこうやって頑張っていて……。

「爽斗くんは……怖がらせるのが好きだから、リアクションがあったほうが喜ぶんじゃないかな」

　気づけばあたしはまた、親切なアドバイスをしている。

「ちょっと莉愛ちん！」

　仁胡ちゃんに「協力してどうするの！」と耳打ちされてやっとそれに気づいた。

「じゃあちゃんと、怖がろーっと」

　でも、もう蘭子さんの気合いは十分だ。

　それにメイクもネイルも髪も全部丁寧でかわいい。

　こういう努力を一切していない自分が、恥ずかしくなる。

　爽斗くんへの気持ちが、蘭子さんに全然及んでいない気さえする。

　少し沈んだ気持ちの中、列が進む。

　次は、あたしたちの番。

「……頑張ろう」

　蘭子さんが自分を奮(ふる)い立たせるために呟いた声。

　蘭子さんの気持ちがわかるからだろうか。

　彼女に協力しないといけないって思ってしまっている。

　お化け屋敷の中に入り、闇の中、黒塗りされた段ボールの壁に囲まれた細い道を一列になって進む。

　蘭子さん、仁胡ちゃん、あたしの順番だ。

　おそるおそる歩いていると、――ドドドド！と突然壁を叩く音がしたり、がー!!っと突然ドライヤーが吹いたり、叫ぶポイントはたくさんあって、どれもこれも腰が抜けそうな演出で。

蘭子さんも演技ではなく本気で叫んでいると思う。

あたしはそれを邪魔しまいと唇を強く噛んで、噛んで……。

楽しそうな仁胡ちゃんの後ろを、ビクビクしながら半泣きでついていく。

目を細く開いて、とにかく進む。

あと……少しだから。

口に手を当てて、間違っても叫ばないように。

怖くない、怖くない……怖くな……。

「莉愛はこっち」

「──っ！」

「しっ！」

口を塞いでいた自分の手の上から、強く覆いかぶさる別の手。

「……ビビりすぎだろ？」

耳元に落ちる、聞き慣れた低い呆れ声……。

そこには、白衣を着た爽斗くんがいた。

「さ、さや、と、くん……」

腰が抜け、る、でしょ……。

「来て」

突然腕を掴まれ、かと思えば、壁として使われていたはずの段ボールの中に引きずり込まれてしまった。

「な。何……？」

　壁の中は、体が密着するほど、狭い。
　バクバクと心臓が鳴る。
「よく来れたね。うちのお化け屋敷怖いって好評だし、逃げると思ったのに」
「来るよ……約束したもん」
「莉愛って従順」
　爽斗くんが時折、壁を叩き鳴らすと、段ボールの向こうからの悲鳴が上がる。
「じつはこの先にね、恐怖ポイントが４つあるんだけど、それはもう泣く子もいるくらいのクオリティ」
「……え」
「このお化け屋敷作ってる最中、何回も心霊現象が起きちゃって、作るの大変だったんだよね」
「し、し、心霊現象……？」
　う、嘘でしょ……!?
「まー、それも含めて、楽しんでいったらいいよ」
　そう言ってあたしの頬を上に向かすと、――チュ、と唇が重なって。
「……っ、な、なんで……キスするの」
「――嫌がらせ。今日の分」
　にやりと口角を上げた彼は、あたしを壁の外にポイッと追い出した。
　……そこは、真っ暗な空間。
「……え……」
　きょろきょろとあたりを見渡すけど、誰もいない。

「に、仁胡ちゃん、蘭子さん……！」

当然返事はなく。

──『この先にね、恐怖ポイントが４つあるんだけど』。

──『何回も心霊現象が起きちゃって……』。

いじわるな声が再生される。

……やられた。

そこを誰の力も借りずひとりで行けって、そういうおもてなしだったんだ……！

──ズル、ズル……。

なんだか嫌な音が聞こえてきたよ……。

音のするほうを見た瞬間、真っ黒の長い髪の女が床を這(は)っていて。

「ひゃあっ!!!」

──ガシッ。

叫んだあたしの足首を掴んで、見上げる真っ赤な瞳。

目が合って……。

「……呪(のろ)ってやる……っ」

女性とは言い難い、ひどく濁った声を放たれ、

「……」

たぶん、あたしはここで倒れたんだと思う。

「莉愛って、ほんとビビりだよね。ふつー倒れる？」

しれっとそう言った彼は、今あたしの部屋にいる。

話によると、倒れたあたしは、長い髪の女役の男子生徒に引き起こされてもぐったりと意識を失っていて、『俺やっ

ちゃった!?　保健室に連れていったらいいのこれ!?　大丈夫!?』と慌てふためく男子を止めたのは爽斗くんだったらしい。
『その恰好で行ったら被害者増えるでしょ。外には小さい子もいるんだから。俺が行く』
　と、いうことで……。
　あたしは、爽斗くんにお姫様抱っこをされたらしい。
「あたし……重かったでしょ」
　思わず両手で顔を隠した。
「腕ちぎれるかと思った」
「ごめんね……」
「いいけど」
　すとんと、あたしが横になっているベッドのそばに座る爽斗くん。
「まー……なんか、やりすぎたっていうか。ね」
　ごめん、と小さく続けた彼に、きょとんとしてしまう。
　ちょっと、かわいい。
　だとしても『いいよ』なんて言いたくはないけど……。
「……」
「はー。お詫びに、そっちもなんか嫌がらせしていいよ」
「嫌がらせ？」
「罰って言うか。宿題でもいいし、なんかお詫びしますよって。いらないならいいけど」
　またカウントダウンがはじまる気がして、即答した。
「いる！」

「あ……そう。何すればい？」
　そう聞かれて、あたしはベッドの上に起き上がった。
　爽斗くんがこっちを向く。
　あのきれいな瞳と視線が重なる。
　爽斗くんのほうへ身を乗り出して、彼の胸に手をついて。
　……そっと。
　――チュ、と唇を合わせた。
　かぁーっと熱くなっていく。
「……い、嫌がらせ。です……」
　そう言ってそっと離れて、ピントの合った視界。
　爽斗くんは真っ赤に顔を火照らせて、「え」と目を瞬いて、その動揺を全部隠すみたいに、あたしを抱きしめた。
「……なに今の、下手くそなキス。何してんの」
「え……だって、さっき爽斗くんも、お化け屋敷で嫌がらせって……」
「……俺そんなこと言った？」
　とぼけながら、抱きしめていた手があたしの片腕を掴むと、ベッドに押し倒された。
　向かい合う爽斗くんが、あたしを見おろしている。
　――ドクン。
「なんで莉愛がキスすんの？」
「それは……」
　そう責める爽斗くんが、近づく。
　――ドックン、ドックン。
　大きく鳴った心臓は次第に速さを増していく。

「キスってさ……」

チュ、と軽く音を立てて唇に温もりが残って、

「どうでもいい相手としちゃいけないんだよ」

また唇が軽く触れ合う。

「んん、それ……爽斗くんが言うの？」

恥ずかしくて顔をそむけると、今度は頬に甘くキスをされて。

「うん。言う」

耳元に声が落ちる。

「や……」

首に息がかかって、ぞくりとした。

「……こっち向いて。嫌ならいいけど」

そっちを向いてしまったら、これ以上ドキドキさせられる。

また意識を失うんじゃないかって不安になってしまうような心音が、あたしの真ん中で鳴っていて……。

いつまでも顔をそむけていたままのあたしに、彼は問う。

「……向かないっていうのが、答え？」

頬に落ちるキスと、どこか寂しそうな声。

「違……！」

「嫌だからこっちを向かないってことでしょ。だって莉愛は……」

「違うってば……！　だって、そっち向いたら。たぶんあたし、心臓が壊れちゃうから……！」

勢いにまかせて言いきったら、彼は黙り込んでしまった。

だからあたしは口元を手で覆い隠しながら、彼の様子をうかがってみた。

すると。

動揺したみたいに目を動かして、逆光でもはっきりわかるくらい頬を赤らめた彼がいて……声が出なくなった。

代わりに、心臓がバクバクとなる。

「遅いんだよ。……今さらこっち向くな」

すっと伸びてきた手のひらで目隠しされたあたしは、「はい……」と頷くのみ。

……そんな顔、見せないでよ。

きゅうんと、胸が痛いよ。

たまらなくなったあたしは、体をねじって、横向きになって彼の手をかわしたんだ。

すると、どすっとすぐ背中の後ろで音がしてベッドがきしむ。

「なんか究極に眠くなってきた」

「え？」

「……このまま一緒に寝よ」

決定事項のようにそう言いきって、爽斗くんは、電気のリモコンを掴んでOFFにしてしまった。

「暗……え……？　えぇ!?　寝るって……」

「ちょうど今、日付変わったし……だから嫌がらせ。今日の分」

嫌がらせって言いながら、後ろからぎゅってされてしまった。

こんなの寝られるわけないよ……！

「さ、爽斗くん……！　だめだよ……！」

「抱き枕が暴れんな」

チュ、っと首の後ろにキスをされて。

「……っ、ひぁ。んっ」

「その変な声、誰かに聞こえるよ」

「……っ、だって」

「ウザい。腕の中から１ミリも動かないで。朝まで、ずっとね」

耳元に落ちる低い声に、ぞくりとしてしまった。

そしてあたしは、バカ正直に固まって瞼をぎゅっと閉じる。

今……何分くらいたったんだろう。

爽斗くんはもう寝ちゃったのかな。

薄く目を開いたちょうどそのとき、

「……莉愛、寝た？」

背中を伝う彼の声にどきりとして、目をぎゅっと閉じた。

「……」

そうして、寝たふりをしてしまったあたしから、彼は腕をそっと離してしまった。

さっきは、『腕の中から１ミリも動かないで。朝まで、ずっとね』って言ってたのに、もう離しちゃうなんて……。

なんだ、からかわれただけだったんだ……。

少し寂しく思いながらも、たぬき寝入りを続けていたら、髪にふわりと手のひらが乗った。

爽斗くんは、あたしの頭をそっと撫でている。

……何、これ。

なんであたし、撫でられているんだろう……!?

うれしいけど、うれしいけど、これって何……!?

少しパニックになりながらも、冷静に呼吸を繰り返す。

「……莉愛、す、き」

……ん？　なんか言った？

爽斗くん、すっごく小さな声で何か言ってる……？

「す。……はぁー……」

わ、今度は長いため息が聞こえてきた。

どうしたんだろう……？

「……なんで俺が莉愛なんか」

何やら悔しそうな声が聞こえてから、布団が動くのを感じた。

……もしかして、帰っちゃうの……!?

慌てて手を伸ばして、ぎゅっと彼を掴み、そのまま飛び起きる。

「行かないで……！」

起き上がったベッドで、爽斗くんは反対側を向いて横になっていた。

起きようとしたなんて勘違いで、ただ寝返りを打っただけみたい……。

「あの、ごめ……ん」

逃がすまいと掴んでしまった彼の腕を、そっと離した。

「……は？」とようやく声を出した爽斗くんは、数秒の間を空けてから、ハッとしたように飛び起きた。
「……っ、莉愛、聞いてた……？」
目を丸くして身を乗り出す彼らしくない勢いに、たじろいでしまう。
「う……うん。『なんで俺が莉愛なんか』……って言うのとか」
とか、というより、それだけしか聞こえていないけど。
とにかく、そういう悪口みたいなものの一部分だけが聞こえたけど……。
悪口なんていつも言ってるのに、そんなに慌てることなのかな？
するとなぜか爽斗くんは、かぁっと顔を赤らめてしまった。
「……莉愛のくせに、たぬき寝入りしてんじゃねーよ」
気に入らない様子でぐちゃぐちゃっとあたしの髪をかきまぜた爽斗くんは、ベッドの横に立ち上がると、こっちも向かずに、「……帰る」と言って歩きはじめてしまった。
「え!?　どうして、待ってよ……！」
待ってくれるわけがないと思いながら彼を止めると、今日は足を止めて、振り返ってくれた。
月あかりの中。
圧倒的上から目線があたしに落ちてくる。
「いや、もういい。莉愛も来て。今すぐ」
「……う、うん？」

「……寝れないんだったら、月でも見よって言ってんの」
「……!! 見ます……！」
思いがけないお誘いに跳ね上がるようにベッドからおりて、ベランダに出た爽斗くんのところまで駆け寄る。
すると彼は、ぽこっとあたしの頭を叩いて。
「……もっとこっち来れば」
そう言われて、ドキドキしながら寄り添って見上げる空。
金色の満月。
かつんと指先同士が当たって、そのまま、自然と手が繋がれた。
たぶん、あたしが、そういうふうに手を動かしてしまったから、仕方なく爽斗くんが受け入れてくれたってだけなんだけど……。
それだけで十分うれしい……。
「何にやけてんの」
「それは、月がきれいだから……」
「どーだか。つーか、月なんか見て楽しい？」
「……!! 爽斗くんが誘ってくれたんじゃん……」
「……それは」
「うん？」
もう一度爽斗くんは「それは……」と繰り返してから、小さな声で言った。
「……莉愛が好きだから」
肌寒い秋の風がさーっと吹いて、髪が頬をくすぐった。
「そっか。ありがとう」

　あたしが夜空を見るのが好きだから。
　だから、爽斗くんは興味なんかないのに、付き合ってくれたんだって、そんなのうれしすぎる……。
　感動を噛みしめていたら。
「……」
　長い沈黙をへて、彼は素(す)っ頓狂(とんきょう)に声を上げた。
「……はぁ!?」
　爽斗くんらしくもない声に、ビクリと肩が跳ね上がる。
「ど、ど……ど、どうしたの？」
　ドキドキドキドキ……と鼓動が細かに音を立てる。
　突然大きな声出すから、びっくりしたよ……。
　すると、目を丸くする彼の目が、きれいなアーモンドアイが。
　疑うようにあたしを見つめてから、カッと見開かれた。
「……この史上最悪の鈍感女」
　など、低い声は淀(よど)みなくあたしを侮辱(ぶじょく)しつづけ、あたしは唖然とする。
　言い終わったのか、いくぶんかすっきりとした顔をしてから、彼は盛大なため息をついた。
「……バカで鈍感なやつって、嫌になる」
　そう言い終えると同時に唇を奪った彼の気持ちが、あたしにわかるはずもなかった。

うたたねと、きみ

【爽斗side】

……もう一生告んない。

渾身の告白だったのに、そうとも気づかない莉愛のアホ面を思い出すだけで腹立たしい。

普通の感覚なら……好きじゃないやつに、キスする人なんていないっしょ。

『嫌がらせ』って言葉を信じ込んで、それで流されてキスなんかされて……バアアアアアアカ。

そうしているうちに、あっという間に時は11月も末。

なぜか今日の気候は春のように暖かくて、昼休み裏庭のベンチに横になっていた俺は、あっという間に睡魔に襲われて、瞼をおろした。

「ねー莉愛ちん」

その声にハッとして目を開けてみるけど、この辺には誰もいない。

たぶん校舎のどこか、窓に面したところで仁胡ちゃんとあいつが喋っているんだろう。

……バカらし。この、莉愛見つけるセンサー、ぶっ壊れちゃえばいいのに。

それでも俺の耳は、こういうときに限って神経を研ぎ澄ませてしまうらしい。

昼休みの雑音の中。

「それで莉愛ちんは、どーしたいの？」
「それは……うーん……」
「好きなら、“付き合いたい”って思わないの？」
　なんだ、優心の話してんの。
　へー。あっそ……。
「付き合うなんて……。だって、今で十分かなって思うときもあるんだ」
「えー!?　んー、まぁ、事実ラブラブだもんね。でもなんだか、今の莉愛ちんと彼って、すっごい中途半端だよ？」
「そうなんだけど……ううん……」
　莉愛と優心って、はたから見たら、ラブラブで中途半端なんだ。
　……もうそんなとこにいたんだ。
「すごく好きだけど付き合うなんて、そんなのは考えられないよ……」
　だったら、そのまま付き合わなきゃいいじゃん。
　「はー……」と、ため息をついたのは俺。
　こんな優柔不断（ゆうじゅうふだん）なやつの恋愛相談なんて、よく受けられんね。
　仁胡ちゃんって、すげーいい子。
　……莉愛の友達になったのが、仁胡ちゃんでよかった。
　なんて。そう目をそらそうとしたけど、頭に浮かぶのは、優心を想うあいつの赤らんだ顔とか、控えめな照れ顔とか。
　……まじでむかつく。
　手の上に腕を置いて、もう一度目を閉じると、

「あっ」という莉愛の声が聞こえた。
「爽斗くんが寝てる」
「ほんとだー。莉愛ちんよく見つけたね」
「へへ……ごめん、仁胡ちゃん、ちょっとだけそこで待ってて……！」
「お？　はいはーい！」
　会話が止まって、足音が近づいてきている。
　……莉愛、なんでこっち来んの。
　寝たふりしながら、全神経は莉愛に向けられている。
　砂利を踏む音がすぐそこで止まった。
　──ふわっと、柔軟剤の匂いが鼻先をかすめて、体に何か布をかけられた。
「……風邪ひかないでね」
　控えめな声が小さく耳に残る。
　ぎゅんと胸に何かが刺さった。
　──こんなもんいらねーんだよ、とかって、腹の上に乗ったカーディガンを地面に叩きつけたいような衝動をぐっと抑える。
　タッタッタ……っと足音が遠のいていく。
「ごめん仁胡ちゃん、行こっか」
「うん！　んもー、莉愛ちん優しいなぁ」
「そんなんじゃないよ……」
　弾む声が遠くなる。
　莉愛の温もりの残るカーディガンをかけられて、俺はいつの間にか、眠っていた。

知ってしまった、彼の気持ち

【莉愛side】

　お昼休みに裏庭で寝ていた爽斗くんを、起こしたほうがよかったかな？

　爽斗くんって、眠りが深いほうだし……起きられたかな？　授業ちゃんと出ているかな？

　心配でそわそわしながらも、５時間目の授業を終えた。

　お節介（せっかい）だなって思いつつ、様子を見に隣のクラスを覗いてみる。

　……いない。

　「あれ？　莉愛ちゃんどっか行くの？」と、優心くんが後ろからにこっと聞いてきた。

「あ……うん。裏庭に、忘れ物して……」

「なんだ、そっか。あまりに急いでるからまた何かサヤの命令なのかと思った」

「あはは……」

「いってらっしゃーい」

「いってきます」

　手を振って、廊下を早足で歩いた。

　階段を１階までおりて裏庭に続く扉を開けると、春みたいに心地いい風が吹き込んだ。

　よかった。もし寝ていても、この気温なら風邪はひかないよね。

穏やかな気候に包まれて、あたしはのんきに歩みを進めていた。
……これが進んじゃいけない道だとも、気づかずに。
裏庭に生えた大きな木のちょうど反対側が、さっき爽斗くんが寝ていたベンチ。
木の幹が邪魔をしているけど、足元だけがここから見える。
ベンチの端から降りているあの足元の雰囲気とスニーカーを見た感じ、たぶん、あれは爽斗くん。
……まだ寝てたんだ。
苔(こけ)の生えた土の上をそっと歩いて、ベンチのほうへ向かう。
そして、彼を隠す木を横切ろうとしたそのとき。
「……――爽斗くん」
声が聞こえて、ぴたりと足を止めた。
……女の子の声だ。
誰かと話してるの？
そうっとバレないように、木の陰から覗き込んだ。
あれは……蘭子さんだ。
蘭子さんは、爽斗くんの肩をそっと揺さぶっていて。
「爽斗くん、起きないと風邪ひいちゃうよー？」
しきりに声をかけている。
彼女の遠慮なしの明るい声のせいか、ふたりの距離感が近く感じてしまって、ずきりと胸がうずく。
……あたしが来る必要なんてなかったな。

そう思いながら引き返そうとしたそのとき。

「……──」

爽斗くんが起きたのか何かぼそっとつぶやいて、蘭子さんのほうへ迷いなく手を伸ばした。

彼の手は、蘭子さんの後ろ頭に触れて、それから……。

──慣れたように、爽斗くんは自分のほうへと蘭子さんを引き寄せていく。

スローモーションみたいに見える光景。

頭の中が混乱していく。

……待って、何してるの？

これって……蘭子さんにキスしようとしてる……!?

やだ……なんで。

「……さっ、爽斗くん!!」

気づけばあたしは、木の陰から飛び出して彼の名前を呼んでしまっていた。

がばっと起き上がった彼は、あたしを見るなり、飛び上がるように蘭子さんから離れた。

「なんで……莉愛」

どうして、うろたえるの。

まるで、ドラマなんかの彼女に浮気(うわき)を見られた男の人みたいな、そんな焦り方して……。

……ああ、そっか。

爽斗くんは、あたしだけじゃなかったんだ。誰とでもキスをするんだ。

たとえ“嫌がらせ”でも、特別なキスだと思ってた。

あたしだけだと思ってた。

……違ったんだ。

「り、莉愛……いつからそこにいた？」

らしくもない動揺、見せないで。

悲しくなるから。

でも今泣いたら、爽斗くんはきっと笑うよね？

バカにするよね？　いじわる言うよね？

――莉愛だけにキスしてると思った？

そんな声は簡単に想像がつくんだよ。

今それを言われたら、あたしはきっと立ち直れない。

「……あ、はは。ごめん、見ちゃって……」

だから無理やり笑って、立ち去ろうとしたのに。

「待てよ」

追いかけてきた爽斗くんに、強く腕を掴まれてしまった。

……どうして追いかけてくるの。

ぷっくりと浮かんでいた涙が、頬を伝っていく。

「莉愛」

どうして、この人を優しいなんて思ったんだろう。

……爽斗くんなんて、いじわるばかりなのに。

でも、していいいじわると、そうじゃないのがあるよ。

爽斗くんは、どうしてあたしをいじめるの。

……あぁ、生き甲斐だっけ。

――『莉愛さ、かくれんぼ下手なの忘れたの？』。

――『地味だけど、莉愛の性格って……嫌いじゃない』。

そうやって持ち上げるだけ持ち上げたほうが、あたし、傷つくもんね。

そしたら爽斗くんはうれしいよね。

涙を流したまま、あたしは振り返り、そこに立ちつくす彼を静かに見上げた。

……ねぇ、爽斗くん。

「……あたしのことからかって……爽斗くん楽しかった？」

「……っ」

「もう満足してくれた……？」

爽斗くんは何か言おうとして、口を閉じてしまった。

そんな顔も、もう見たくない。

視界を下に落として、彼が握るあたしのカーディガンに気づいた。

「……そのカーディガン、もういらない」

腕を掴んでいた爽斗くんの指から力が抜けていく。

それを振り払って、あたしは走り出した。

追いかけてくるような音は聞こえない。

それが余計に、胸を苦しくさせた。

断ち切る想い

【爽斗side】

　カーディガンを握りしめたまま、立ちつくしている。

「爽斗くん……どうしたの？」

「ん、別に……なんでもないから。蘭子ちゃんは教室に帰って。ひとりになりたい」

　……なんで。

　――『……あたしのことからかって……爽斗くん楽しかった？』。

　あの泣き顔が頭から離れない。

　本気で傷つけたんだって、はっきりわかる顔してた。

　寝る前に見たのが莉愛だったから、寝ぼけながら起きた瞬間、疑いもせず、そこにいるのは莉愛だって……思ってしまって。

　……莉愛にキスしようとしたら、蘭子ちゃんだった。

　たったそれだけの事実を、俺は莉愛の前で言えなかった。

　あれだけはっきりとした嫌悪（けんお）の表情を見たら、声が出なかった。

　６時間目も半分くらいすぎたころ、俺はやっと動きはじめて

　教室に向かう途中、空き教室の前を通ったとき、すすり泣きが聞こえて足を止めた。

　……莉愛だ。

直感的に思って、ドアの小窓を覗いてしまった。
「あ……」
マヌケな声が漏れる。
……なんだ。ひとりじゃないんだ。
莉愛……優心といたんだ。
ふたりの会話を聞こうと、耳をそばだてた。
「……ねぇ、莉愛ちゃん。泣かないで」
「……ん」
「俺がいるよ。俺が、その傷、全部直してあげる」
優しく微笑む優心が、莉愛の涙をすくっている。
それを見上げる莉愛のあの目は、恋する乙女(おとめ)のものだよね。
いつもなら嫉妬や怒りに占領(せんりょう)されてしまう心が、なぜか今はちっとも波立たない。
……もういいや。
両想いのふたりを見て、はじめてそう思った。
自分の入る隙間(すきま)なんてどこにもないことを、こんなに何年もかけて、やっと認められるなんて。
「……好きだよ。莉愛ちゃん。サヤのことなんか忘れさせてあげるから」
「え……？」
「だから……俺と付き合ってください」
ふたりの空間に静寂(せいじゃく)が広まる。
何か言えよ……バカ莉愛。
──『すごく好きだけど付き合うなんて、そんなのは考えられないよ……』。

さっき仁胡ちゃんに、そんなこと言ってたっけ？

ほんと莉愛って、優柔不断で自分に自信なさすぎて、どうしようもないね。

仕方ないから、最後に莉愛の恋……俺が叶(かな)えてやるよ。

──ガラッと扉を開くと、ふたりの視線が同時にこっちに向いた。

ふたり揃って、なんて顔してんの。

そんな慌てんなよ、優心。

俺はもう、莉愛の邪魔なんかしないから。

莉愛も慌てなくていいよ。

……もう、いじめんのはやめた。

「よかったね、莉愛。お前ずっと優心のこと好きだったもんな？」

「え……」

え、じゃねーだろ。

早く頷けよ。それだけで優心への想いが伝わんだから。

……伝わるように、促(うなが)してやってんだからさ。

ぐっと、こぶしを強く握った。

「優心と莉愛が両想いって、俺ずっと気づいてたよ」

なのに欲しくて、欲しくて、手出してごめんね。

莉愛には好きなやついんのに悪あがきのキスなんかして、最後の最後で『……あたしのことからかって……爽斗くん楽しかった？』。

あんなふうに傷つけてごめん。

　俺は、性根（しょうね）の悪い満面の笑顔を、あいつに向ける。
「莉愛のくせに好きな人と両想いなんて、むかつくしね。だからファーストキス奪っちゃって、悪かったよね」
　莉愛の瞳から、涙がこぼれ落ちていく。
　キスの瞬間、間違って俺に流されてくれた莉愛は、今ここでちゃんと捨ててあげる。
　甘い視線で俺を見上げてくれたあの瞬間の莉愛は、全部俺に都合のいい幻想（げんそう）なんだから。
「サヤ……？　莉愛ちゃん……」
　誰より動揺しているように見える優心が、莉愛の肩を優しく抱いている。
　太陽みたいに莉愛の心を解く優心みたいな人が、莉愛を幸せにしたらいいんじゃないの。
　俺なんかより、ずっといいってわかってる。
　だから莉愛のことなんか今すぐ、華麗に捨ててやるよ。
「……はー、楽しかった。でももういじめんの飽きちゃった」
　莉愛に借りたカーディガンを片手に、泣いているあいつを見おろして、冷ややかに声を落とす。
　……まぁ、なるべく、愛を込めてね。
「……だから、もう莉愛なんていらない」
　バサッと投げ捨てたカーディガンが、ふたりの頭を隠す。
　そうやって莉愛たちの視界を遮ったあと、俺の目から涙が落ちた。
　すぐに踵を返してしまえば、これで終わり。
「じゃーね、お幸せに」

廊下を出たと同時に、莉愛は涙声で叫んだ。
「待って……っ!!　爽斗くん……！」
泣いてる莉愛を見捨てて置いていくことなんか、慣れてるはずなのに。
……胸が苦しくて、振り返りたくて、仕方なかった。

７時間目の授業なんて、聞いても頭に入るわけなかった。
これで、莉愛と優心は両想い。
俺は、あいつとは終わり。
ちょっと完璧にお膳立てしすぎたかもね。
……そのせいか、むしゃくしゃするんだけど。
バイトのない日だった俺は、憂さ晴らしにゲーセンに寄って、21時を回った瞬間、店員に追い出された。
「はー……」
帰りたくない。なんで俺たちは隣人同士なんだろう。
そうはいっても、帰るしかなくてマンションのエントランスをくぐった。
エレベーターの▲ボタンを押そうとしたそのとき。
「さっ……爽斗くん!!!」
どきりと心臓が跳ねた。
俺の背中を掴んだ相手なんて、見なくたってわかる。
この涙声、莉愛だ。
……なんで？　なに待ち伏せしてんの。
もう終わりにしたじゃん。
「離せよ」

なんで近づくの。

こっちがどんな思いで莉愛のこと手放そうとしたか、わかってよ。

それで……。

こうして俺に触れてくれることが、どんだけうれしいか。

……わかれよ、バカ。

「ご……ごめんなさい……っ！　あたしが全部悪かったから……だから」

なんで莉愛が謝んの。

なんで俺にすがりつくの。

「だから……！　お願いだから……友達でいて……」

友達。

乾いた笑いが浮かぶ。

何それ……都合いいね。

優心って彼氏も、俺の存在も、両方欲しいわけ。

「どんだけ残酷（ざんこく）なの、莉愛……」

振り返ると、涙でぐちゃぐちゃな顔をした莉愛は瞳を揺らす。

ねぇ、そんなに怯えてまで欲しい関係って、何？

「友達でいましょうって……そんなの俺は無理」

「どう……して？」

なんでわかんねーの。

苦しいからだよ。

……俺は莉愛が好きだから、彼氏のいる莉愛なんて見たくもないし、捨てる以外の選択なんて論外だ。

「つーか……俺から離れたほうがいいと思うよ」

　涙目で俺のこと見上げてさ、今、隙しかないよ。

　そういうつけ入りたくなるような、莉愛のこの行動とか、頭おかしいんじゃないの。

　だって莉愛は優心のことが好きなんだろ？

「優心とは、ちゃんと付き合ったんだよね？」

「……」

「はぁ？」

　なんで首を横に振ってんの。

　意味わかんねーんだよ。

　でも、莉愛っぽいね。

　あいつが自分の口で自分の想いを伝えるなんて、まず無理なこと。

　小さいころから、何かを伝えなきゃいけないタイミングで、言いよどんでしまう莉愛を見かけるたびに、俺はすかさず、莉愛の声を代弁してきた。

　──『みんなで……北風と太陽、練習しようよ……。先生に怒られちゃうよ』。

　聞いてんのもかわいそうになるような弱い声は、俺がほとんどかき消してさ。

　──『適当に練習して帰ろーよ。サボったやつは俺の代わりに北風やってねー』。

　そういうお節介を焼きすぎたせいで、小心者を克服(こくふく)できなかったんだろうね。

　ざまあみろ、莉愛。

もし俺がいなかったら、莉愛は今ごろ、もう少しはマシなコミュ障だったんだろうな。

あー……むかつく。

さっさと、片づけたいんだよね。

ふたりまとめて。

ふつふつと沸き上がってくるのは、明らかに怒りだ。

ねぇ、さっさと幸せんなってよ。

そんで俺から離れろよ。

凶暴な気持ちが、どんどん膨らんで、抑えられなくなっていく。

鋭く見おろすと、あいつはビクリと肩を震わせた。

──むかつく、嫌い、大嫌いだ。

手に入らない莉愛なんて、めちゃくちゃになればいい。

優心との恋をぶち壊して、何もかもを吹き飛ばして、大事なものひとつ残らず失った莉愛を、俺だけの物にしてしまいたい。

「そんな優柔不断だから、俺に遊ばれんだよ……！」

ぐいっと、あいつの手を引いて……俺はまた過ちを繰り返す。

重なる瞳。

唇が触れ合った瞬間。

あふれる愛しさに、胸がぎゅっと苦しくなる。

「……っ！　り、莉愛!?」

突如聞こえた野太い声に、俺たちは弾き合うように離れた。

　声のしたほうを見た瞬間、さーっと血の気が引いていく。
「お……おと、う、さん……」
　切れ切れの声を出す莉愛。
　一気に冷静を取り戻した俺は、声も出ない。
　そこには、唇をわなわなと震わせる、世界最恐の莉愛の父親が立っていた。
　手に、大量のお土産袋をかかえて……。

　ただでさえ俺と莉愛は気まずいのに、莉愛の父親に莉愛んちのリビングに呼び出されて、俺らふたりは正座している。
「ふたりは付き合っているんですか？」
　顔を険しくゆがめて、問いかけてくるおじさん。
「……ないです」
　うつむく莉愛の隣で小さく返すと、
「じゃあ、どうしてあんなことをしたんでしょうね……」
　顎の下で手を組み、見おろす視線。
　殺気さえ感じる静かな声に、俺は自動的に頭を下げる。
「すみません、俺が無理やりしました」
「無理やり……。本当にそうなんですか？　莉愛」
「え……と……。いや……」
　嘘が下手な莉愛のリアクションを見れば、本当に俺が無理やりしたってちゃんと伝わる。
　おじさんは、俺と莉愛のことを、本当によく見ていてくれた人だから。

「……爽斗くん、僕はきみをそんなふうに育てたんですかね……？」

　そうして長い説教がはじまった。

　かれこれ30分。

　足が痺れて、もはや感覚がない。

　鋭い眼光は俺たちに突き刺さり続けて、的確に射止める冷静な説教は、どんどん空気を重くしていく。

「僕が教えた“本当に強い男”がなんなのか、きみは忘れてしまったんですか？」

「いや、覚えてます。人間味のある、温かい……人です」

「それが心に響いて、きみは暴力をやめたと思ったんですけどね。それが、こんな愚かなことをするとは予想外でしたね……」

　真剣な目が諭すように、俺を見つめる。

「目の前の人に誠実でありなさい。それは巡り巡って全部、きみに返ってくるものだから」

　「反省しなさい」と地響きのように続く声に、ぞっと背筋が冷えるのは、ほとんど条件反射だ。

「おじさんは、ちゃんと爽斗くんのことを見ていますからね」

　この声がすっと心に届くのもまた、条件反射なんだろう。

「はい……」

　この人には、敵わない。

　実の親より、ずっと俺の親みたいな存在だから。

　うちの親は、かなりの放任主義で、仕事ばっかで。

俺がどんなやんちゃをしても、『うちの子がすみませんねー』みたいなもんで。

そんな俺に唯一、本気でぶつかってくれたのが、莉愛のお父さんだった。

いいことをしたら、バカみたいに大げさに褒めてくれるし。

悪いことをすれば、ひどく冷静に叱られるし。

……すごく苦手で、同時に、ものすごく見放されたくない人でもある。

だから俺は、おじさんの言うことだけは、反抗せずによく聞いた。

「莉愛もわかりましたね」

「はい……」

「じゃあ、説教はこのくらいで。明日からまた、ケンカせず仲よくしてくださいね」

説教が終わると、わしわしとふたりの頭を撫でて、くしゃっとした笑顔を見せてくれる、おじさん。

いつもは、『はい』と素直に頷けた。

でも俺、今回だけは無理かもしんない。

「おじさん。もう単身赴任終わったんですよね」

「はい。もうここにいますよ」

「じゃあ莉愛、もう寂しくないよな？」

「え？」

莉愛が潤んだ目を丸くする。

おじさんが単身赴任することになって、寂しいって言った莉愛のために、小6の俺はベランダの壁を蹴破った。

けど。

「おじさんが単身赴任から帰ってきたんだから、もう寂しくないだろ。もう俺いなくても平気だろ。だから――」

莉愛と俺の部屋を行き来する、ふたりだけの通路。

カーテンを開けて、莉愛が来るのを待ち続けた……あの通路。

「――だから、もうベランダの抜け穴、塞ごっか」

「それだけは嫌だ」って取り乱す莉愛は、子どもみたいに泣いてしまった。

「おじさん……俺、ごめん。無理そう。莉愛と……仲よくすんの」

おじさんは全然状況が掴めてないようで、俺と莉愛に順番に目を向けて、往復していたけど。

……その目に、俺の気持ちはきっと見抜かれた。

沈んでいく俺の頭を、硬い手のひらがポンと撫でた。

「……そうか」

泣きじゃくる莉愛と、うつむく俺の間で、おじさんはぽつりとつぶやいた。

「会わない時間も、ふたりには必要かもしれませんね」

「どうして……？」

莉愛が嗚咽(おえつ)交じりに問う。

「いるものといらないものを整理していると、おのずと大事なものが見えてくるはずです。考える時間を作ってみてもいいんじゃないですか？」

いるものと、いらないもの……。

「会わない時間を作って、ゆっくりと考えたらいいですよ」

いつの間にか、莉愛の涙は止まって。

俺を静かに見上げた。

「……わかった。抜け穴は、塞いでいいよ……」

その絞り出すような声は、今も耳に残っている。

きみの気持ちを考えて

【莉愛side】

ベランダに備えつけられた、あの新品の壁の向こうにはもう行けないのに、あたしは今も窓からそれを見ている。

『無理そう。莉愛と……仲よくすんの』

お父さんにそう伝えた爽斗くんの声は、すごく苦しそうだった。

あたしたちは、小さなころから、いじめっこといじめられっこの関係で、こうなることのほうが、ずっと自然だったんだろう。

だけど……。

マンションで、学校で、道端(みちばた)で……。

あたしはいつも、爽斗くんを探してしまう。

ひとりで廊下を歩けば、後ろから『おい、莉愛』って、ドンと乗っかられるんじゃないかって。

そんなことを期待して振り返るたび、爽斗くんのいない廊下が続いていた。

『いるものといらないものを整理していると、おのずと大事なものが見えてくるはずです』

お父さんにそう言われたとき、入学する前のことを思い出した。

友達みんなと離れてしまった高校を見上げたとき、大丈夫って思えたのは……たったひとり、あたしの隣には、爽斗くんがいたからだ。

　あたしの場合は、持っているものが少なくて整理しようがない。

　爽斗くんが何よりいちばんなのに。

　……爽斗くんと、離れたくなんか……なかった……。

「おーい、莉愛ちん？　どしたの」

「あ……。な、なんでもない」

　今は学校。

　仁胡ちゃんに慌ててそう返すと、

「なんでもなくないのはわかってる。でも、言いたくない気持ちもわかる。だから、言いたくなったら、ちゃーんと頼ってよ？」

　仁胡ちゃんは、優しく笑みを浮かべた。

　その笑顔を見て、ずきりと胸の奥が痛む。

「……ありがとう」

　仁胡ちゃんは、人の傷みを察して、想像して、無理に触れようとしない。

　爽斗くんにすがりついたあたしとは、真逆だ。

　――『目の前の人に誠実でありなさい』。

　お父さんの言葉は、きっと爽斗くんではなく、あたしに向けられたものだった。

　伝えたあとの怖さから逃げて、自分の気持ちを言えない、あたしに対しての言葉……。

「仁胡ちゃん……あたしね。爽斗くんとよくないことがあって、今は辛くて言えそうにないから、落ちついたら聞いてもらえる？」

　仁胡ちゃんは、ぽかんとしてから、ぷっと噴き出した。

「うん！　任せろ！」

　明るい笑顔が、あたしの心を軽くしてくれる。

「……仁胡ちゃん、大好き」

「わたしもー！」

　６時間目、現代文の時間。

「では、この部分の主人公の心情を述べてください。出席番号３番の人」

「えー？　わかんねーよ……」

「主人公の発言はもちろん、前後の行動や変化、情景描写（びょうしゃ）をヒントにしてみてください。行動や目に見えるものは、口よりも心を語りますからね」

「はー……。主人公の気持ちなんか書いたやつにしかわかんねーって……」

　……行動が心を語る、だって。

　次々と生徒が不正解を答えている間、あたしから離れていった爽斗くんの気持ちを、想像していた。

　そうすると、思い浮かぶのは

　――『忘れ物の面倒くらい俺が見てやるよ』。

　――『莉愛はボケーッと、俺の隣にいとけばいいんだよ』。

　――『この部屋と莉愛は俺の縄張りみたいなもんなのね』。

　たくさんの言葉とそれに結びつく行動が、どれもこれも、いじわるで……優しくて。

ずっと、好きな人に向かって言う言葉じゃないと思っていた言葉が、裏返っていく。

……わからないの。

これが本当に嫌いな人に言ういじわるな言葉なのか、わからなくなるの。

結局、現代文の心情理解の問題は、誰も答えられないままチャイムが鳴ってしまい、宿題になってしまった。

「おつかれー莉愛ちゃん、一緒に帰らない？」

「ゆっ、優心くん……！」

優心くんには、まだ返事をしていない。

というか、断ろうとしたら、止められてしまったんだ。

『もう少しよく考えてほしい』って……。

目の前の人に、誠実に……。

いや、それよりもまずは冷静に……っ！

落ちつこう、あたし。

「……う、うん。いいよ、帰ろう」

優心くんへの緊張があっさりと吹き飛んだのは、ふたりで教室を出てすぐのこと。

隣のクラスの扉の前を通る瞬間、すっと意識がそれていき、爽斗くんを探してしまいそうになった。

そんな自分に気づいて、ぐっと堪える。

「……で、って聞いてる？」

「え！　あ、ごめんね。ぼうっとしてた……」

「んーん。全然いいよ」

ふわりと笑う優心くん。

太陽みたいだ。

優しくて、温かくて、旅人は簡単に心を許すだろう。

──『俺がいるよ』。

──『俺が広い世界を見せてあげる』。

もし、その旅人が自分自身にそれなりの自信を持っているのなら、ひとつも疑わずに、なんなく隙を見せるだろう。

こんなまっすぐな言葉が心の中に入り込まないのは、あたしの根底にある気持ちのせいかもしれない。

……どうして、あたしなんかに……？

小さなころの、優心くんを思い出す。

いつ、あたしなんかを好きになったの……？

優心くんが、あたしに告白する理由って何……？

「あの……優心くん」

人のまばらな校庭で、足を止めた。

「どーかした？」

彼の色素の薄い髪が、風に靡く。

小学校６年間で、あたしは彼と何度も同じクラスで過ごした。

いつも笑っているんだ。

明るくて朗らかで、決してあたしとは交わらない存在。

クラスの真ん中。太陽みたいな人。

おかしいよね、あたしなんかを好きになるなんて。

「告白してくれたのって……あれ、嘘だよね？」

きょとんと笑顔を消した彼は、もう一度口角を上げる。

「嘘じゃないよ……？　なんで？」

「だって優心くんは……あたしのことなんて、見てないと思うから……」
「えー見てるよ。つい莉愛ちゃんに目がいくっていうか」
「そ……それは……。本当にあたしを見てるの？」
　おそるおそる口にしたんだ。
「何それ……どういう意味？」
　眉間にシワを寄せた優心くんは、ぱっと笑みを消してしまった。
「……俺の気持ちを、疑ってんの？」
　言葉は、間違ったら、こんなふうに人を傷つける。
　だから、あいまいな言葉が好きだった。
　目の前の人に不誠実に言葉を濁して、逃げているほうがずっと、安全だから。
「ご……ごめんなさい。失礼なこと言っちゃって……」
　やっぱり、怖くなってしまった。言わなきゃよかった。
　冷や汗が流れていく。
　優心くんのこんな冷たい表情は、はじめて見る……。
　はっきり言わなきゃいけないって思うたび、
　――『地べただけ見つめて黙って歩いてろ』。
　その言葉に、救われていたなんて……甘やかされていたなんて、どうして今気づくんだろう。
　……爽斗くんのいじわるは、いったい……どこまでが、あたしのためだった？
「莉愛ちゃん？」
「ほんとに……ごめんなさい」

もう一度謝ると、彼はふっと口角を上げた。
「ううん。へーき。帰ろ？」
夕日が、あたしたちを朱（あか）く照らす。
言葉のない道のりが、すごく長く感じる。
きっとあたしは、爽斗くんに甘やかされて育ってしまった。
爽斗くんが、あたしを捨てた今。
あたしはもう、本当に、ひとりなんだ。
隣を歩く優心くんを見上げる。
小さなころからの大切な友達。
毎日挨拶してくれる。
屈託なく笑ってくれる。
あたしの下手くそな声を待っていてくれる。
最後まで話を聞いてくれる。
優心くんの当たり前は、あたしとって心を照らして、体を暖めてくれる太陽みたいなんだよ。
だからこそ……優心くんを失うのは、こんなに怖い。
でも……。
あたし、彼にどうしても言いたいことがある。
ごく、と唾を飲み込んだ。
あたしのマンションまで、あと100メートルもせずについてしまう。
……言わなきゃ。
「あの……っ、優心くん、話があります」
「何？」

ふわりと笑う、優心くんが好き。

友達になってくれて、本当に幸せだと思う。

これで……終わりになってしまうかもしれないけど。

目の前の人に、あいまいにやりすごす自分なんて……捨てる。

目の前の人に誠実な自分になりたい。

「優心くんは、あたしを好きって言ってくれたけど……違うよね？」

「またそれ言う？　俺に対して、結構失礼だよ？」

引きつった苦笑いを見せる優心くんは足を止めた。

「莉愛ちゃんは、なんでそー思うの？」

首をかしげる彼の目は、優しく問う。

「……優心くんが、別の人を見ているから」

発言と目に見えるものと、行動は……口よりも心を語るんでしょう？

……だったら、いつも、優心くんが意識していた人は、あたしなんかじゃないよね……？

「俺が……誰を見てるっていうの？」

笑みを消した彼の瞳が、ひやりと体を冷やす。

誰って、それは……。

次第に濃くなっていく夕闇が、あたりを覆う。

誰もいない静かな住宅街の小路。

「それは……爽斗くん」

あたしの声が、重苦しい空気に変えてしまった気がする。

優心くんは地面に目を落として、ただ立っている。

「……ねぇ、莉愛ちゃん。それどーいう意味？」

震えるような暗い声は明らかな怒りをはらんでいて、優心くんのものとは思い難いけれど。

ここにいるのは、そこで深くうつむく彼だけだ。

背筋が急激に冷えていく。

「俺が、サヤを見てるって、どういうことだよ」

……そのままの意味、だよ。

「爽斗くんをライバル視している……か、もしくは好きなのか……って、思う」

「……好きって、まじでやめてくんない？」

くすくすと笑う優心くんの笑顔は、いつものと全然違う。

……敵意をむき出しにして、あたしをあざ笑う、そんな笑顔だ。

優心くん……だよね？

ごく、と喉が鳴る。

「ねー莉愛ちゃん。俺がサヤを好きなわけないでしょ」

怒気をにじませた暗い声が、とても静かに言った。

……怖くて、声が詰まる。

いつの間にかあたしは、コンクリートの壁に押しやられていたらしく、ゴツッと、後頭部が壁に当たってやっとそれに気づいた。

頭ひとつ分以上背の高い彼は、あたしを包囲（ほうい）するように壁に手をついて。

追い詰められたあたしは、震えながら彼を見上げた。

温度のない真っ黒な瞳に、思わず引きずり込まれてしまいそうだ。

「サヤみたいなやつのどこを好きになればいいの？　前に俺、莉愛ちゃんに聞いたよね。『なんでサヤを嫌いにならないの？』って。俺、どうしてもわかんなくて聞いたの。だって俺——死んでほしいくらい、あいつのこと嫌いだから」

かかえてきた気持ち

【優心side】

莉愛ちゃんは……なんであとちょっとってとこで、見抜くわけ。

そうだよ。

俺には、莉愛ちゃんのことを手に入れたい本当の理由がある。

『"北風と太陽" の太陽って優しいから好き』

莉愛ちゃんが俺とサヤの前で、そう言ったときのサヤのあの顔が見たいんだよね。

──優心に負けた。

屈辱(くつじょく)的なあいつの顔が見たい。

莉愛ちゃんが俺のことを好きになるだけで、その願いは叶うんだよ。

甘い言葉はできるだけ吐いたつもりなのに、ちっともこっち見ないんだから、莉愛ちゃんはひどいよね。

……サヤばっかりでさ。

なんで、サヤ？　意味わかんない。

あいつ、ろくなやつじゃないのに。

小学生のころからそうだった。

クラスのみんなも、あいつの言うことを簡単に聞く。

なんであんなやつが、人の上に立てんの。

クラスの真ん中で笑ってる俺と、クラスの輪を少し離れたところから飄々と眺めているだけのあいつが、なんで、同じ立場なの？

人の顔色うかがいまくって、なるべく優しい言葉を選んで友達と接する俺と、好き勝手やりたい放題のあいつが、なんで同じ立場でいられるの？

それに、サヤが置かれている環境にむかついた。

例えばサヤが暴力沙汰(ざた)のケンカしたって、親にちょっと怒られるだけで済む。

これ、本当に全然納得いかない。

俺は、挨拶の声が小さかったとか、そんなレベルで親に怒鳴られて、門限を破りなんかすれば、思いっきり殴(なぐ)られるのに。

なんでもっとひどいことしたサヤは、裁かれずに許されんの？

なんで、この世界ってこんなに平等じゃないの？

いつの間にか燻(くすぶ)っている違和感は、妬(ねた)ましさに変わっていた。

クラスの友達と遊んだときだって、あいつはいつも俺の神経を逆撫でする。

『優心もう帰っちゃうの!?』

門限で一抜けするたびに、そういう友達のブーイングはよく沸いて、そう言われると、求められているみたいで、少しくらいうれしかったのに。

サヤはいつも言ったよな。

『早く帰んなよ』

俺を追い出すときのあいつの目が、癇に障った。

でも俺は空気を読んで、みんなに笑顔で返す。

『じゃーまた明日!!』

……むかつく。歯を食いしばって帰り道を走る。

帰りたくもない家に夕方の5時数分前に入って、真面目に宿題をこなす。

親の機嫌を損ねないように、まわりの空気を壊さないように、毎日毎日、こんなに自分を抑えてるのに。

『……おい、どけよ莉愛。邪魔』

自由気ままに、莉愛ちゃんをいじめても咎められもしない、お前なんか。

……死ねよ。

今、俺を見上げる莉愛ちゃんは、俺の怒りにはじめて触れたせいで、顔面蒼白。

「……そういうわけで、俺はサヤのことむかついて仕方ないんだよね」

「でも……爽斗くんが『早く帰んなよ』って言ったのは、追い出したわけじゃなくて、優心くんが門限に間に合わなくて怒られることを知ってたからじゃないかな……。心配してたんだよ……」

「だから、そういうのいらないしね」

ひるんでうつむきかけた莉愛ちゃんの顎を、ぐっと持ち上げる。

涙のにじみはじめた瞳が、俺を映している。

「……なんでここで、サヤをかばうようなこと言うの？さすが空気を読めないコミュ障だよね」
「……」
「……莉愛ちゃんのそういうところ、サヤと同じくらい嫌い」
莉愛ちゃんの瞳に張った涙が、ぽろりとこぼれ落ちた。
「そーいえば、莉愛ちゃんはそのまんまでいいよーとか、上手なネガティブでいいじゃんって言ったあれはね。サヤの受け売りであって俺の言葉じゃないよ。莉愛ちゃんが陰口言われてたときに、同じこと言ってたの思い出しただけ」
そんな言葉も、俺が言ったんじゃ、きみにはたいして届かなかったみたいだけど。
「……爽斗くん、が……？」
「そう、だから俺は……別にそんなこと思ってない」
莉愛ちゃんには、もっと自信を持って笑っててほしいって思ってたよ。
そんなに、うつむかなくていいって。
サヤにいじめられて、でき上がったそのかわいそうな人格も、サヤのことも……全部捨てて。
莉愛ちゃんのことが大好きなサヤから、きみを奪い取ってやりたかった。
ただ、それだけ。
「……俺が、本気で莉愛ちゃんのこと好きになるわけないじゃん」
その涙さえ、きっと、俺には向いてくれないんでしょ。

バカらしくて、虚しくて、視界がゆがんでいく。

白い頬に手を添えて、涙にぬれた目を見おろす。

——『優心くんは、優しいね』。

——『北風と太陽の、太陽みたい』。

——『……同じクラスに優心くんがいてよかった』。

……きみの、ことなんて。

ぐっと歯を噛みしめて、唇を奪ってやろうと思った、そのときだった。

「何してんだよ!!」

ぐいっと、何かにものすごい力で首根っこ掴まれて、引きはがされた。

「……っ、ゲホッ」

俺を壁に叩きつける荒っぽい動作、全力で駆けつけたみたいな荒い呼吸音。

……いつもこうだ。見なくたってわかる。

「……爽斗くん」

お前は、いつでも姫を助け出すヒーローだね。

……サヤのそういうところだよ。

ねえ、消えて。

「……お前、むかつくんだよ!!」

俺の人生ではじめて人に振り上げたこぶしは、ケンカばかりして生きてきたあいつに当たるわけもなく、いとも簡単に掴まれてしまった。

「……なんだよ今の？　莉愛のこと『本気で好きになるわけない』って……どういう意味？」

　サヤが怒りに震えているのが、掴まれたこぶしから伝わってくる。
「……別に、そのまんま。莉愛ちゃんを落として、サヤに勝ちたかったっていうか。もうどーでもいいけどね」
「ふざけんなよ。じゃあその気にさせられた莉愛はどうすんだよ……！　お前最悪……まじで許さないから」
　何その震え声。
　そんなにわなわな震えて、怒り心頭して、莉愛ちゃんを想って？
　なんでお前なんかが、正義の味方ぶるの？
　頭に血が上っていく。
　握られたこぶしを振り払った。
「……お前なんか……っ!!」
　あいつを殴ろうと大きく振った手は……。
「……っ！　だめっ!!!!」
　俺の前に飛び出してきた莉愛ちゃんを、地面に叩きつけてしまった。
　ドサリと崩れる小さな体。
　赤く腫(は)れ上がる頬を、閉じた瞳を、じんじんと痛むこぶしの感覚を。
　そして、彼女の名前を叫んだサヤの顔を。
　きっと俺は一生忘れられない。

きみが守ったもの

【莉愛side】

「ねー聞いた？　２組の爽斗くん、停学だって」

「まじー!?　でも爽斗くんって超気分屋だもんね。かっとしたら何するかわかんないんじゃん？」

「でもショックー！　１回機嫌よく喋ってくれたことあって、あたし推してたのになぁ。女の子に手を上げるとか、まじでやばくない？」

あの日、倒れたあたしが目を覚まさないものだから、爽斗くんはその場で救急車を呼んでしまったんだ。

病院に行けば、原因を聞かれることになる。

だから、先生や親が来る大騒動になってしまった。

事情を聞かれて、いのいちばんに答えたのは、爽斗くんだった。

『俺が莉愛を殴りました』

『どうして殴ったりしたんだ』

『……むかついたから』

優心くんのお母さんがいる手前、あたしにはかばい方がわからなかった。

優心くんと爽斗くんの狭間で、あたしは黙り込んだまま、優心くんも、うつむいたまま何も答えなかった。

だから、彼は……。

無実の罪を全部、ひとりで背負ってしまったんだ。

あたしたちのせいで、いわれのない噂話が、学校中に、今も広がっていく。
「わ。藤光さん大丈夫？　爽斗くんに殴られたんだって？」
知らない女子に声をかけられるたび、あたしは、「いえ、それは……」とあいまいに返してしまって、仁胡ちゃんが「詮索しないでねー」と手を振って、早足で立ち去ることを繰り返していた。
――違う。
こんなことしていたら、爽斗くんに顔向けできない。
廊下を歩けば、頬に貼られたガーゼに好奇の目が向く。
思わずうつむきたくなって、あたしは気づいた。
……今のあたしは、いつもと違って目立つんだ。
ドクドクと心臓が鳴って。
「に、仁胡ちゃん、手、貸してくれる？」
「え？　うん。手？　どうぞ」
仁胡ちゃんの手をぎゅっと掴むと、仁胡ちゃんの温かい手があたしを握り返した。
「……ちょっと注目を浴びることしてもいいかな」
「うん。一緒に浴びてあげる」
仁胡ちゃんの口角が、優しく持ち上がる。
「ありがとう……仁胡ちゃん……」
「頑張れ。いや、頑張ろう、一緒に！」
「……うん」
緊張で冷えきっていた手のひらが温められていく。
仁胡ちゃん、ほんとに、ありがとう。

　あたしは、大きく息を吸った。
「あのっ、聞いてください!!　さ……っ。爽斗くんは！　強くなりたいと言ったあたしに……ボクシングを教えてくれただけで!!」
　……こんな大声で、嘘をつく途中だった。
「……もーいいよ」
　後ろから、ふわりと口を押さえられてしまった。
　そして一度静まり返った廊下に、優心くんの声が響く。
「……普通に俺がサヤを殴ろうとして、サヤをかばって飛び出した莉愛ちゃんに当たったんだ」
　その声は、廊下にざわめきを巻き起こした。
　結局、噂を聞きつけた先生にあたしと優心くんは呼び出されて、あたしたちは正直に流れを説明した。
「雪本くんは無実ってことなのか？」
「はい……すみませんでした」
「……っ、たく……。深谷くんは、停学になると思うけど、いいな？」
「はい」
　まっすぐ目を見据える彼を見るのが苦しかった。
　停学なんて、優心くんのご両親……どう思うんだろう。

　帰り道は、優心くんとふたりだった。
　日が傾いて２本の影を長く伸ばし、木枯らしが道路の落ち葉を舞わせている。
「……痛いよね？」

「全然もう痛くないよ」
「本当にごめんね」
　あのとき見せた怒りがまったく見当たらない。優心くんは、いつもの彼だ。
　その感情が本物なのかはもうわからないし、もしかしたら、気持ちを抑え込んで、そうしているのかもしれないけれど。
「……サヤんち行って謝ってくる」
　と、家に行こうとしたのに、マンションからいちばん近いコンビニから飄々と出てくる爽斗くんを見つけてしまった。
「わ……自宅謹慎中なのに、家を出てる……」
「サヤらし……」
　走って爽斗くんの進む歩道まで駆けつけると、
「……莉愛、大丈夫？」
　爽斗くんの第一声がそれで、
「これ、お見舞い。口切れてるよね。ゼリー飲料ならいけるかなって思って買ってきた」
　第二声がそれで、
「まじでごめん。治るまでなんでもするから」
　第三声がそれで……。
「……さ。爽斗くんが、優しい……？」
　あたしは目を見開いてしまった。
　だったら殴られてよかった……。
　っていや、何かの罠かもしれない。

　そんなあたしに、もちろん彼は眉根を寄せる。
　それから、やっと彼は、あたしの隣に立つ優心くんに視線を移した。
「優心さぁ……お前バカかよ。先生から電話来たけど、げろったの？」
「うん」
「くそ真面目」
「本当にごめん、サヤ」
　頭を下げる優心くんの頭に、ポコンとペットボトル飲料を乗せる爽斗くん。
「そんなのはいいけど。食事も喉を通らないほど背負い込むとかダサいザマになってない？　優心ってメンタル鬼弱いじゃん」
　憎まれ口は、よく聞いてみれば思いやりでできている。
「つーか、殴るよりも別の意味で、莉愛を傷つけたことは、全然許す気ないからね」
　ぎろりと向く爽斗くんの視線に、優心くんはギクリと背筋を伸ばした。
「莉愛は単純だから、優心みたいな優しいのにすぐそそのかされんだよ。挙句（あげく）嘘でしたって。莉愛はお前のこと好きなのに……」
　苦しそうに顔をゆがめる爽斗くん。
　その弱った姿を見た瞬間、あたしは言わなくちゃって、はっきりと口を開いた。
「爽斗くん……。あたしの好きな人は、優心くんじゃないよ」

木枯らしが吹き渡る。

「……は？」

気の抜けたような声と、信じられないと言いたそうな驚いた顔が、なんだかちぐはぐだ。

「……何度も言おうと思ったけど、タイミングが掴めなくて……」

「……は？」

また同じリアクション……。

ちぐはぐな爽斗くんを見上げて、あたしは、ぐっとこぶしを握った。

仁胡ちゃんと手を繋いだときにもらった勇気の残りで、奮い立たせる。

「あたしは、好きな人がいます……」

その人は、いじわるでいじめっ子、そういう仮面をかぶって、いつもその正体を明かさずにあたしを助けてくれたヒーロー。

あたしには全然似合わない、かっこよくて優しい正義の味方。

身のほど知らずだけど、言わせて。

伝えたくて仕方ないから……。

「……あたしの好きな人は、爽斗くんです……！」

カラカラと舞う落ち葉の音なんかに消されるわけのない大きな声は、道路を挟んで向こうの人にも聞こえたらしい。

視線が、ぱっと集まった。

ドクドクと心臓が鳴っている。

「……え？」

　呆気にとられたような声が聞こえて、あたしは視線をおろしていく。

「……す、好きです、爽斗くん」

　あぁ、やっぱりあたしは、うつむいてしまう。

　たまらなくなったあたしは「それだけです!!!」と叫んで、終わらせようと思ったのに。

「おい、待てバカ。うつむいたまま聞いてなよ」

　そう言われたあたしは、彼に言われたとおりスニーカーを見つめながら耳を傾ける。

「俺も好きな人、いんのね」

「……あ、うん」

　その、言いづらそうな口調。

　振られる流れだって、あたしでもわかる。

「そいつには、俺のことだけ考えててほしいし。だから泣かせたくなるし。いじめたくなって……」

　それは、やっぱり蘭子さんのこと……？

「……」

　それから、爽斗くんの言葉が止まって、深呼吸するみたいな音が聞こえた。

「……つーかさ、ほんとだとしたら、なんで莉愛、俺のこと好きなの？」

「……優しい、から」

「だから俺、優しくないじゃん」

「それは、爽斗くんが決めることじゃない。受け取った人が決めること……」

「なんだそれ……」

それきり、また爽斗くんは言葉を止めてしまった。

次に聞こえてきたのは、ため息。

あたしにとって今は、振られる準備に徹(てっ)する時間。

もし、あの日。

蘭子さんとキスしたのが、あたしのと違って遊びじゃなかったとすれば……蘭子さんが爽斗くんの特別だったんだろう。

あたしは遊びって言われたけど、あれはきっと優しい爽斗くんの慈悲(じひ)の表現だ。

はじめてのキス以外は、あたしのほうがキスを待っていた。

『キスされるかも、とか思ってない？』なんて聞かれてしまったこともあったっけ。

あたしはそれくらいわかりやすく、キスを待っていたんだ。

“キスしてほしそうに待たれているから、あたしにキスした”

それなら、すごく彼らしくて納得できる。

「おい、莉愛。聞いてる？」

「あ、うん」

「……今からできるだけ優しい言葉で言うから。１ミリも聞き逃すなよ」

「うん、ちゃんと聞いてます」

振られて当然なんだから、平気。

そう言い聞かせても、涙がにじんでしまう。

いや、違う。

振られても、告白できて、自分の言葉で想いを伝えられて、よかった。

そう思うのが、上手なネガティブかな……。

……ねぇ、爽斗くん。

街中を金色に照りつける夕日の中で。

彼は、迷いない声で言った。

「……俺が、恋しいって思うのは、藤光莉愛だけ」

……え……？

思わず目を瞬く。

「あ、あたし……!?」

がばっと見上げると、そこには、真っ赤に頬を火照らせた爽斗くんがあたしを見ていて。

「……バカ、うつむけ」

反射的にうつむいたあたしは、「ほんと？」と泣きべそ声で聞き返す。

「ほんと。つーか、うつむくのやっぱ中止」

顎をそっと持ち上げた彼の黒髪が、金色の夕日に輝かされて。

爽斗くんは思わず息をのむほど、優しく笑った。

「……本気で好き。莉愛のこと」

言い終わるや否や、場所も考えずにその唇があたしに近づいたのは、あたしがキスしたいと、思ってしまったせいなんだろう。

「……ん」

　触れ合う唇の温もりに、酔わされていく。

「好き……」

　唇が離れた瞬間に聞こえた爽斗くんの声が、あたしの体温を一気に上げた。

「……っ、だ、大好きです……」

　ポロポロと涙を流しながら、告白するみっともないあたしの隣で。

　「……おめでと」と小さく声が聞こえた。

　違和感を覚えて隣を見てみれば。

「優心……なんで泣いてんの」

　そう。優心くんが、涙目だ……。

「なんでもないよ」

　優心くんが涙をぬぐって笑い、あたしの背中をポンと叩いた。

「よかったね。莉愛ちゃん。つーか、人の前でキスとかすんなよ、サヤ」

「ひ……恥ずかしい……」

　縮こまるあたしに向ける屈託のない笑顔は、いつもの優心くんなのに、今にも泣き出してしまいそうにも見える。

　おろおろするあたしのすぐそばで、爽斗くんは圧倒的上から目線で言った。

「だって、ここでキスでも見せつけないと、優心への嫌がらせになんないじゃん？」

……い、嫌がらせ？

「どういうこと？　ハッ……好きって嘘!?」と半泣きで爽斗くんを見上げたら、手刀が落ちてきた。

「好きなんて嘘で言うかよ」

「……はぁ……よかった……」

それからふたりは、何やら小声で話しはじめた。

よく聞こえないけど、きっと男同士の話なんだろう。

「今日の反応見てる限り、どー見ても優心、莉愛のこと好きだよね」

「はぁ？　だから俺は、お前にむかついて」

「俺にむかついたのがきっかけとかは知らないけど……ぷっ、そんなダバダバ泣いてんのに、莉愛を好きじゃないって何？　嫉妬してんでしょ？　俺なんかに取られて悔しいんでしょ？」

人の声は、聞こえはしないけれど。

――にやり。

爽斗くんは、なんて悪い笑顔をするんだろう……。

「……く」

優心くんは悔しそうに顔を赤らめていて……。

ど、ど、どうしよう……？　ケンカ？

あわあわとふたりに視線を往復させるあたしの頭が、ガシッと掴まれてしまった。

爽斗くんの手だ。

そして、あたしを引き寄せた彼の胸にぽすっと抱かれて。

「……莉愛を殴った罰だよね。ざまあみろ」

　そう言いのけた。
　ドキドキしている間に、爽斗くんはあたしを放してしまい、代わりに優心くんの肩に手を回す。
「次はどんな嫌がらせしよっかなぁ」
「……バカサヤト」
　ふたりは、肩を揺らして笑っている。
　あんなふたりは久しぶりに見る。小学生のころみたいだ。
　夕日に溶け込むふたりの背中が、やけに眩しく感じた。
「今からお前んち行こ。おばさんたちには俺からも説明するから」
「いや、いいよ。そんなことしたらサヤまで殴られるかもだし……」
「……俺を誰だと思ってんの？」
「え？」
　暗黒の微笑を浮かべる彼は。
「……なんかワクワクするかもね」
　そんな恐ろしい言葉を吐いてしまうけれど。
　いじわるは全部、大事な人を守るために言うんだよね。
「……あたしも行く」
「莉愛ちゃんまで!?」
「うん。優心くんは、あたしにとって……すごく大切な友達だから」
　優心くんに笑いかけると、また謝られてしまった。
「ひどいこと言って、傷つけてごめん。本当は……」
　そこで、言葉を止めた彼は。

「んーん。やっぱいい。誰かさんが怖いから言うのやめる」
「優心のくせに賢明じゃん」
「まーね」
「……ふたり、なんか前より仲よくなってない？」
「ないよ」
「ねーよ」
「……やっぱり仲よしだ」
　って言ったら、きっと水を差してしまうから、のみ込んでおいた。
　そうして、あたしたちは、優心くんのご両親に頭を下げて。
　言葉巧みな爽斗くんの脅しに近い発言のおかげもあってか、あたしたちが帰ったあとも暴力を振るわれることはなかったそうだ。

　ベランダの仕切り板の向こうに、今、爽斗くんがいる。
　聞くところによると、蘭子さんとのキスは、なんとあたしと間違えたっていうびっくりな事実で……。
「キスしたのはあたしだけ……なんだ」
「当たり前。俺は好きな子にしか興味ないの」
「す、す、好きな子……」
　しゅううっと顔が熱くなる。
「で？　俺の彼女になりたいんだよね？」
「う……うん。なりたいってば、どうして何回も聞くの？」
　ベランダで新品の壁越しに、星空を見上げながらしている会話は、ほとんどこれだ。
「何回も言わせたいから」
　何回も“聞きたい”じゃなくて“言わせたい”ってところが爽斗くんらしい……。
　壁越しの声は、少し楽しそう。
「……なんか、声だけじゃ足んないね」
「え？」
「莉愛、ちょっとそこ、下がってて」
　数歩後ろへ下がりながら、嫌な予感がした。
「ちょ、爽斗く……！」
　次の瞬間。
　——バリーンッ!!
　と、夜空に響く大きな音を立てて、彼が勢いよく蹴破ったベランダの仕切り板がバラバラと飛散(ひさん)する。
「……いい感じ」
　ぽっかりと開いた穴の向こうで、彼は満足そうに笑った。
「あ……あ……。何してるの、爽斗くん!!」
　新品に直したばかりなのに、やっちゃった！
　目を真ん丸にして青ざめるあたしを、爽斗くんは余裕たっぷりに見おろす。
「……だって俺、莉愛に会いたくなっちゃった」
　新しい穴をくぐり抜けて、「よいしょ」とあたしのもとに来た爽斗くんは、両手を広げて、あたしに言う。
「今、俺に飛びつきたいっしょ？」
　何もかも見破る幼なじみが、ふっと勝ち誇(ほこ)ったように笑っている。

　そうなるとあたしは、素直に頷くしか道はない。

「うん……っ」

　その胸に飛び込んで、甘い香りに包まれる。

「莉愛も俺が好きとか、物好きだよね」

　呆れっぽい声や触れ合うとこ全部に、ドキドキと心臓が暴れている。

「そんな……」

「褒めてんの」

　褒め方のセンスが絶望的で、優しさをいじわるで隠す彼が……あたしは、大好きだ。

「俺のどこが好きなの？」

　そんなの決まってるよ。

　優しい、優しい、きみのいちばんいいところ。

「……爽斗くんのいじわるなところ」

ずっと、きみだけを

【爽斗side】

「サヤってさ、莉愛ちゃんと付き合ったら、すげー束縛(そくばく)すんだろうなって思ったんだけど。クラスのクリスマス会に行かせるの？」

「別にいんじゃないの」

「えー？　俺が奪うよ？」

そう言ってのける優心を鼻で笑うと、優心は肩をすくめて笑った。

クリスマス会に行きたいって莉愛が言ってくるなら、行けばいいって思う。

仁胡ちゃん以外の友達もできるように話しかけるんだって。

じゃー頑張ればいいじゃん。

そんなクリスマス会の前日、クリスマスイブの日。

莉愛の家族と４人でケーキを食べたあと、莉愛の部屋でふたりきり。

「……どうして爽斗くん、束縛しないの？」

莉愛にまで言われるとは思わなかった。

「何？　束縛してほしいの？」

「う、うーん……。ちょっとはされたいかも」

「なんで？　束縛されてないと、寂しくなっちゃった？」

「……！　そんなことは……！」

バレバレなんだよ。

「だったらしないよ？　寂しくなって、ずーっと俺のこと考えてればいいじゃん」

「え!?」

クリスマス会で楽しんでいても、ふと俺がよぎって寂しくなる莉愛とか。

……まじで最高じゃん。

俺は莉愛の幼なじみ。

だから、あいつが浮気なんてできる器(うつわ)じゃないことくらいわかってる。

手に入った今、束縛する理由なんてないでしょ。

小柄な体をぎゅっと抱きしめる。

「どこでも好きなとこ行けばいいじゃん。ご自由にどーぞ」

「……いじわる」

つんと尖った唇は、俺が奪ってあげる。

──チュ。

「……んっ」

唇が離れて、とろんとした顔が俺を見上げる。

でもそれは、すぐにしょんぼりと落ち込んでいく。

“本当にあたしのこと好き？”とか思ってそう。

だから、好きとは言ってやんないよ。

「この俺に愛されてんだから、自信を持って、新しいとこ行ってきなよ」

「……！　あ、愛!?」

真っ赤に火照っていく莉愛の顔も、最高。

「……違う？　莉愛には足りなかった？」

首をかしげて聞くと、ぶんぶんと首を横に振る。

「あ、愛されてます。十分！」

「ほんと莉愛、欲ないよね」

座っていたベッドに押し倒して、俺が上になる。

向かい合う莉愛の唇を奪い、そして、

「……もっと深くしていい？」

「え？　深……く？」

油断とか隙ばっか。

そんで、こういうことに無知。

そういう莉愛が好き。

舌を絡めて、莉愛を求める。

莉愛のその蕩(とろ)けそうな顔は、俺だけのもんだからね。

……大好きだよ。

もう絶対に、離さないから。

「はぁ……っ」

息を乱して、恥ずかしそうにちょこんと隣に座る莉愛。

「は、恥ずかしかった……」

「そんだけで？」

「『そんだけ』って！」

「俺はもっとしたいけどねー」

「何を？」

きょとんとした顔は本気で何もわかっていない。

俺は、つい目を見開いたね。

「……まじか……」

「え？」

「まーいいや。俺が教えてあげればいい話だもんね」

にやりと口角を上げる俺を、わけわからなそうに見る莉愛の瞳が揺れる。

「……怯えんな、バカ」

こんな簡単にビビられているうちは、まず手なんか出せないけど。

「あの……怯えてないよ。ドキドキしただけ……！」

「え？」

なんでもかんでもわかってるつもりだったけど、お互い知らないとこ、まだまだあるみたい。

なんか、ワクワクするよね。

肩下くらいまで伸びた髪をすくって、耳元で囁く。

「これからは俺だけの莉愛の顔、もっと見せろよ」

彼氏っていうのは、存分にひとりじめしていいんでしょ？

ふと、その目を見る。

なに怯えて……いや、違うんだっけ。

「……ドキドキしてんなよ」

移るだろ。

──こつん、と額を寄せて。

「まー、明日のクリスマス会は、楽しんできなよ」

「……うん」

行きたいって言ったのは莉愛なのに、何しょぼくれてんだか。

なんか、“俺の見てないとこに行くな”とか、そういうの言ったほうが喜びそうだね。

　束縛が愛のカタチとでも思ってんの？

　とんだ勘違いなんだよ。

「これからも別に好きなとこ行って、莉愛の世界を広げてくればいいじゃん」

「突然そう言われると……なんか寂しい……」

　巣立て、バカ。

　かわいすぎんだよ。

　だからご褒美あげる。

　大サービスだからな。

　もう絶対言わないから、聞き逃すなよ。

「……俺、ちゃんと莉愛のこと大好きじゃん。寂しく思わなくていいよ」

　すると、見るからにうれしそうにぱぁっと表情を輝かせて頷く莉愛を見て、やっぱ、どこにも外出させたくないなって思ったのは絶対に内緒。

「何うれし泣きしてんの、泣き虫」

「でも、あたしが泣くと……うれしいんでしょ？」

「……すげー好き」

「……っ、いじわる」

　ねぇ、そこのかわいい人。

「どこ行ってもいいけど……毎日絶対、俺んとこ帰ってきて」

　抱きしめる腕の中、

「当たり前だよ……。爽斗くんも、例えば女の子と会うことがあったとしても何もしないで、あたしのところにちゃんと帰ってきてね？」

って、まだ自信なさそうな莉愛の声に、思わず笑みがこぼれた。

何どさくさに紛れて浮気を疑ってんだよ。

帰るも何も、俺はどこにも行く気ないよ。

俺、女子への興味が究極に一直線だからね。

「……莉愛以外、興味ないよ」

……昔から、ね。

Fin

あとがき

☆afterword

はじめまして、こんにちは。小粋です。
このたびは数ある書籍の中から『不機嫌な幼なじみに今日も溺愛されるがまま。』をお手に取ってくださり、さらには、あとがきまでページをめくってくださり、本当にありがとうございます！

本作品は、かなりあまのじゃくな意地悪男子を描きました。いつも優しい男子を描いてきたので、大好きで意地悪する男子を書くのはとても新鮮でした。
でも、爽斗はものすごく不器用で、莉愛の気持ちに気づけず焦っているけど、根は優しい男子なので、そういう隠しきれなくなった愛を、後半ではとっても楽しく書いていました。序盤(じょばん)では見せなかったかっこいい爽斗を、後半で見ていただけていたらとってもうれしいです！

それにしても今回は、意地悪さを過去最大に強めて書いたので、爽斗のよさをどう伝えようかと考えながら書き進めていたのを覚えています。
ストレートでわかりやすい優しさではなく、隠れて好きな子を守ったり、悪者っぽいけど結局は誰より味方してくれたりするのが彼のかっこいいところだと思います！
そんなところが伝わっていたら、すごくうれしいです。

いつも作品を書くたびに、「次は真逆の人物を書こう」と思う作者なのですが、この作品の書籍化作業をしているうちに、極上(ごくじょう)の甘やかし男子が書きたくてたまらなくなりました。好きなイケメンヒーローを自由に妄想して描ける野いちごって、本当に夢をかなえるサイトですよね（笑）。

そして、今回も野いちごの温かい読者様の感想に支えられての完結になりました。

いつも温かく見守ってくださる読者様がいてくださるから最後まで書くことができています。本当にありがとうございます！

また楽しんでいただける作品を書けるように努力したいと思います！

最後になりますが、かっこよくてかわいくてきゅんとする表紙と挿絵を描いてくださった雪森あゆむ様、この作品に携わってくださった皆様、本当にありがとうございました。

そして、この本を読んでくださった読者の皆様に心より感謝申し上げます！

本当にありがとうございました。

2021年12月25日　小粋

作・小粋（こいき）

子育てに追われながらも、命の奇跡に感謝する毎日を過ごしている。趣味は娘と息子と遊ぶこと。好きなものは夏と海で、大勢でわいわいするのも大好き。野いちごGPブルーレーベル賞受賞作『キミと生きた証』でデビューし、その後、『チャラモテ彼氏は天然彼女に甘く噛みつく。』『同居したクール系幼なじみは、溺愛を我慢できない。』など、著者多数（すべてスターツ出版刊）。現在はケータイ小説サイト「野いちご」にて執筆活動中。

絵・雪森あゆむ（ゆきもり　あゆむ）

2014年春の大増刊号りぼんスペシャルでデビュー。以降、「りぼん」で活躍している。既刊コミックスに『お狐様は戯れたい』（集英社刊）がある。チョコのお菓子を原動力に埼玉で生きている。

ファンレターのあて先

〒104-0031
東京都中央区京橋1-3-1
八重洲口大栄ビル7F
スターツ出版（株）書籍編集部 気付
小粋 先生

不機嫌な幼なじみに今日も溺愛されるがまま。

2021年12月25日　初版第1刷発行

著　者　小粋

発行人　菊地修一

デザイン　カバー　しおざわりな（ムシカゴグラフィクス）
フォーマット　黒門ビリー&フラミンゴスタジオ

DTP　朝日メディアインターナショナル株式会社

編　集　長井泉　酒井久美子

発行所　スターツ出版株式会社
〒104-0031 東京都中央区京橋1-3-1　八重洲口大栄ビル7F
出版マーケティンググループ　TEL03-6202-0386
（ご注文等に関するお問い合わせ）
https://starts-pub.jp/
印刷所　共同印刷株式会社
Printed in Japan

ISBN 978-4-8137-1191-9　C0193